非洲历险

[美] 威勒德·普赖斯 著

骆行健 译

北京出版集团
北京少年儿童出版社

著作权登记号
图字：01-2010-1125
AFRICAN ADVENTURE by WILLARD PRICE
Copyright © WILLARD PRICE, 1963
Willard Price, the Willard Price Logo and Hal and Roger are trade marks of Willard Price Literary Management Ltd, used under licence by Beijing Juvenile & Children's Publishing House Co., Ltd.
This edition arranged with Willard Price Literary Management Ltd through Big Apple Agency, Labuan, Malaysia
Simplified Chinese edition copyright @ 2023 Beijing Juvenile & Children's Publishing House Co., Ltd
All rights reserved.

图书在版编目(CIP)数据

非洲历险／（美）威勒德·普赖斯著；骆行健译. —2版. — 北京：北京少年儿童出版社，2024.1
　（哈尔罗杰历险记）
　书名原文：AFRICA ADVENTURE
　ISBN 978-7-5301-6546-1

Ⅰ. ①非… Ⅱ. ①威… ②骆… Ⅲ. ①儿童小说—长篇小说—美国—现代 Ⅳ. ①I712.84

中国版本图书馆 CIP 数据核字(2022)第 258043 号

哈尔罗杰历险记
非洲历险
FEIZHOU LIXIAN
［美］威勒德·普赖斯　著
骆行健　译

*

北 京 出 版 集 团
北京少年儿童出版社　出版
（北京北三环中路6号）
邮政编码：100120

网　址：www.bph.com.cn
北京少年儿童出版社发行
新 华 书 店 经 销
三河市天润建兴印务有限公司印刷

*

880 毫米×1230 毫米　32 开本　5.25 印张　150 千字
2012 年 1 月第 1 版　2024 年 1 月第 2 版　2024 年 1 月第 1 次印刷
ISBN 978-7-5301-6546-1
定价：28.00 元
如有印装质量问题，由本社负责调换
质量监督电话：010-58572171

序 言

我们的脑袋是圆的,像个地球仪。而且每个人的脑袋里,可能会想到地球,它的体积有多大?年龄有多大?有哪些有趣的人和事?但对任何人来说,地球都是一个庞然大物,即使倾其一生,也不可能把它跑遍了。怎么办呢?有一个捷径,即看书,这叫作"秀才不出门,便知天下事"。如果你想了解地球上都有些什么新鲜事,特别是大自然中的新鲜事,我建议你看一看"哈尔罗杰历险记"。

威勒德·普赖斯先生出生于1883年,他是个幸运的人,一生中跑了77个国家和地区,包括我们中国,遇到过许多新鲜的人和新鲜的事。他又是一个愿意奉献、不甘寂寞的人,不想把自己的知识和见闻都烂在肚子里,于是便动笔写了一套书,献给全世界的孩子们。于是,在70多年前,就诞生了哈尔·亨特和罗杰·亨特两兄弟的角色。

哈尔和罗杰是约翰·亨特的儿子。约翰·亨特是动物博物学家,几乎跑遍了全球去了解和收集各种各样的珍奇动物。哈尔和罗杰不仅继承了老亨特的基因,而且也继承了爸爸的事业和兴趣。在老亨特的鼓励和安排下,哈尔和罗杰走南闯北,历尽危险和艰辛,从亚马孙丛林到南太平洋小岛,从非洲大陆到格陵兰冰原,从世界上第二大岛新几内亚到地球上最高的山系喜马拉雅山,从正在爆发的火山口到危机四伏的海底世界,足迹延伸到世界各地的各个角落。他们冒着生命危险,勇敢地追逐丛林巨蟒,制服热带巨蜥,巧捕非洲白象,激战北极之王北极熊,深入海底猎奇,大战庞然大物杀人鲸,不仅与凶猛的动物较量,还得与贪婪的人类争斗,常常是弹尽粮绝,走投无路,只能依靠自己的智慧和勇气,才能置之死地而后生。当然,不可能所有的人都像哈尔和罗杰那样,有机会到世界各地去旅游、探险。正因如此,所有关心地球和热爱自然的人,不妨都抽空看看"哈尔罗杰历险记"这套书,希望你能进入角色,设身处地,感同身受,与哈尔和罗杰一起,深入广袤无垠的大自然去畅游、搏击,追随那些曲折的情节,体验无数惊险的场面,肯定会使你深感刺激。而且,书中丰富的知识和简练的语言,也会令人受益匪浅,回味无穷。

最后,还要加上几句,就是关于亨特一家的事业。他们到世界各地去猎取和收集各种各样的珍奇动物,送到动物园和博物馆。一方面固然为人们休闲娱乐、观赏和了解地球上的各种动物做出了贡献,但是另一方面,他们也伤害了许多动物,伤害了大自然……

与70年前相比,人类现在更注重生态保护,对大自然和动物界的了解,都要客观而且深入得多了。但也产生了另外一种值得注意的倾向,就是一厢情愿地去和动物亲近,以至于有人和自己的爱犬亲吻,结果被咬掉了嘴唇。我们说,动物是我们的朋友,是指我们和动物同是生命世界之一员。但这并不意味着,我们就可以和北极熊拥抱,可以跟老虎接吻。动物就是动物,人就是人,即使地球上最最温和友好、亲切好奇的南极企鹅,当我想去摸它的脑袋时,它也会奋起反抗,摆出一副决一死战的架势。因此,我认为,人类和动物朋友的交往,应该是"君子之交淡如水",最好的做法就是不要去干扰它们,当然更不能去伤害它们。

位梦华
中国最先登上南极大陆的科学家之一
中国作家协会会员、中国科普作家协会会员
享受政府特殊津贴、有突出贡献的科学家

目录
CONTENTS

1 深夜豹影　　　　　　　　1

2 豹　人　　　　　　　　　7

3 乔罗失踪之谜　　　　　　15

4 小豹子的早餐　　　　　　21

5 倒霉的比格上校　　　　　32

6 最大的"锄草机"　　　　　41

7 独木舟、河马和鳄鱼　　　50

8 上校"跳舞"　　　　　　　59

9 中毒的狒狒　　　　　　　64

10 猿中之星　　　　　　　　72

11 鬣狗喜欢靴子　　　　　　78

12 巫　医　　　　　　　　　89

13 装甲部队的攻击	98
14 追捕野牛	105
15 给野牛当保姆	111
16 野牛骑士——罗杰	118
17 一袋毒药	127
18 杀手的誓言	134
19 地球上最高的动物	138
20 致命的豹子须	147
21 深夜袭击	154
22 大　象	159

1 深夜豹影

哈尔被惊醒了。他坐起身,感到背上很疼。是什么声音吵醒了他?是一种叫声。

帐篷里跳动着的光影说明外面的篝火还在燃烧,这火是用来吓唬危险的客人的。周围到处是野兽。但是他刚才听到的叫声似乎不是野兽的叫声。也可能是他听错了,这是他在非洲荒野上过的第一个夜晚。傍晚的时候,他和弟弟罗杰坐在篝火旁听爸爸约翰·亨特教他们辨别森林里传来的各种声音。

"这像是一个交响乐队,"老亨特说,"你们听到的高音小提琴是豺拉的,那把发疯似的长号是鬣狗吹的,河马奏的是低音大号,疣猪那隆隆的叫声像不像鼓点?听!远处那沙哑的歌喉——那是狮子。"

"谁在吹萨克斯管?"罗杰问。

"大象。它的小号也吹得很好。"

一声尖锐刺耳的咆哮吓得兄弟俩跳了起来,听声音这野兽离营地很近。那声音就像是用一把粗锉在锉白铁皮的边沿。

罗杰企图掩饰自己的害怕,就说了句俏皮话:"一定是路易斯·阿姆斯特朗。"其他人笑得很勉强。那的确像那位有名的爵士乐歌手嘶哑的声音。

亨特说:"是豹子。听起来它像是饿了,但愿它不要朝这儿来。"

然而，把哈尔从梦中惊醒的不是这些野兽的号叫声，那声音又响起来了——刺耳的尖叫声，男人女人的喊叫声，还有狗吠声。声音似乎是从后面一个非洲村落里传来的。

他听到父亲的吊床嘎吱响了一下，罗杰仍然睡得很香，14岁男孩不是那么容易被吵醒的。

"还是看看出了什么事吧。"约翰·亨特说。他和哈尔披上衣服走了出去，睡在附近的非洲队员也醒了，正激动地叽叽喳喳地议论。

在篝火的映照下，可以看到草丛中有东西朝这儿冲过来。亨特举起0.75的左轮手枪，但不久又放下了。因为他看到从草丛中钻出来的不是野兽，而是村子里的头人以及3个村民。

"先生，快！救人！"头人一边朝这儿跑一边喊，"豹子！已经拖走了一个孩子。"

"快！哈尔，"亨特喊道，"乔罗、马里、图图——带上枪，跟上。"他又问头人："发现足迹了吗？"

"是的，沿着河跑掉了。"

"带几个手电筒。"哈尔跑回帐篷去取手电筒，从床上传来了罗杰睡意蒙眬的声音：

"什么事啊？"

"我们要出猎。"

"什么！"罗杰抱怨道，"半夜里出猎?！"

罗杰并未等解释就跳下床跟着其他人上了山。哈尔看到弟弟气喘吁吁地跟在后边一点也不吃惊，他了解弟弟爱冒险的性格。

1 深夜豹影

罗杰身上穿的还是睡衣裤,他只来得及套上靴子就跑了出来。

在茅草和黏土糊成的小屋旁,愤怒的村民急得团团转,男人在喊,女人在呜咽,孩子们在哭叫。

头人在一个地方指出豹子的脚印,亨特打着手电跟着脚印下了小山朝河边走去。这时他注意到有一个女人跟在后边。

"为什么她也跟来了?"

"那是她的孩子。"头人说。

半道上他们就发现了孩子。也许,豹子听到人们的吵嚷声扔下了猎物。孩子棕色的光光的身体上有被豹子咬过和抓过的深深的伤痕,还在汩汩地流血。那母亲轻轻地喊了一声,抱起孩子。亨特摸着孩子的脉搏说:"还活着。"

母亲抱着昏死过去的孩子回村里去了,亨特一行则继续追踪。

"不能耽搁,"亨特说,"也许这个时候它已经跑出几千米之外;也许它现在还在这附近某个树丛后面,正注视着我们。豹子就是这样——总叫人大吃一惊。大家要小心。"

脚印变得模糊,没有办法,只得停下。虽说作为探险家,为动物园、马戏团捕捉了那么多野兽,在跟踪野兽方面也有了长期的经验——但亨特并不认为自己已经通晓这一行。非洲大陆上最优秀的踪迹辨认者不是白人,而是非洲人。他们从小就学会从每一块被翻动的石头、折断了的草叶中猜出这儿发生过什么事。亨特狩猎队的踪迹辨认权威是大个子乔罗。亨特大声喊道:"乔罗,来瞧瞧这儿!"

没有反应。哈尔扭转身用手电筒照亮身旁的人,见到头人以及他的3个村民，还有马里、图图以及他们的阿尔塞斯犬——露露。但没有乔罗。

"我还以为我已经叫上他了。"亨特说。

"你是叫了他。"

"乔罗有时候行为古怪。呃，没关系——我看，应从这儿走。"亨特领着大伙儿下了山。

为了两只手用枪方便，亨特将手电筒绑在前额上，手电筒的光这时正照在一些兽迹上。亨特盯着那些痕迹看了一阵，感到迷惑不解：这些脚印有点不对头。确实，是豹子脚留下的，不会错，4个椭圆形浅坑是4个脚趾留下的，一个大三角形是脚后跟。但每一个趾坑前面还有一个更深的凹痕，显然，那是爪子留下的。这就怪了：豹子的爪子是伸缩自如的，它攻击猎物时，爪子伸出；但走路时缩回。这个脚印似乎是猎豹的踪迹，猎豹的爪子永远是伸出来的。

"但绝不会是猎豹，"亨特对哈尔说，"猎豹从不进屋抓小孩。毫无疑问，这是豹子的脚印，但爪子不应该是露出来的——除非是死豹子。"

"死的！"哈尔重复这个词。他在想，这些足迹会是一头死豹子踩下的吗？荒诞。然而在这块土地上，荒诞的事经常发生。

哈尔锐利的目光发现了情况。

"爸，这儿没有血迹。"

爸爸沉思着盯住儿子。真奇怪，抓伤孩子之后，豹子的每一个脚印都会留下少许孩子的血，但脚印到了这儿，却突然一下子没有了血迹。当然，爪子上的血总会变干，但不会那么快。总应

1 深夜豹影

该还留有一些。他跪到地上凑到离爪子印很近的地方察看,一点红色的东西也没有。他抬起头笑着对哈尔说:"你已经是辨别踪迹的专家了嘛!"

罗杰可不想让他哥哥独享此头衔,他说:

"还有其他疑点。我们在亚马孙追踪那只美洲豹的时候,还记得吗?它总是伏下身子沿着地面潜行——把草都压平了。豹子是否也这样?"

"是的,豹子也是这样。"父亲说。

但这儿的情景不是这样,脚印旁60厘米高的草仍然挺立着。

"我无法解释,"父亲不得不承认,"但我们老站在这儿是破不了这个谜的,走吧!"

一行人小跑着下了山坡。头人赶上亨特与他并肩而行,头人向亨特诉说了村子里遇到的种种麻烦:这是10天里被豹子叼走的第三个孩子,前头的两个都死了。豹子一次比一次胆大,现在村民们生活在恐惧之中。他恳求道:"你们得把它抓来杀掉!"

亨特说:"我们来非洲不是为了杀掉动物,我们要活捉动物。但吃人的野兽该挨枪子儿!别着急——我们会对付它的,活捉或宰了它。"

他们钻进了河边的树丛中,在朝前走的时候,大家都感到神经紧张,因为野兽随时有可能从某个树丛后扑出来,或者从头顶上的树杈上跳下来。

突然,哈尔叫了起来:"那是什么?那儿,棕榈树那儿!"亨特将头上的手电筒对准那个方向。有东西在动,一个黄色黑斑的东西在移动。现在看清楚了,肯定是一只豹子的屁股。但那东西像人一样直立着。它正要跳到树丛里藏起来。就在它要消失的时候,它回过头来看了一下追捕者。那是一张人的面孔!但光线太暗,看不清楚是什么人的面孔。

它消失了。人们冲到它刚才出现的地方,并立刻分头搜寻。然而,那野兽,或那人,或其他什么东西却像是消失在空气中了。

2 豹 人

甚至足迹也消失了,被盘根错节的灌木丛和草遮盖了。谁也不知道该怎么办。村里的那些人很明显不愿再往前走——豹子就够糟糕的了,何况还是一头能化为人形的豹子,那一定是魔鬼,它能随心所欲地显形或消失,枪打不着,箭射不着。越这样想他们就越害怕,害怕得发抖了。真是个倒霉的夜晚,他们要回去了。

亨特说话了:"那你们的孩子怎么办?让他们一个个地被叼走?"

头人说:"没办法。你们也没办法,豹子可以被杀死,而豹人是不会被杀死的。走吧,跟我们一起回村子去,你们有灯,我们不敢摸黑走回去。听!它在笑我们。"

从密林深处传来一阵刺耳的嘎嘎啊啊声,只有那些被吓坏了的人才会把它想象成笑声。那声音就像用锯子锯一棵坚硬的老树疙瘩所发出的声音。

"那个家伙,不管他是谁,"亨特说,"尽管他装豹子装得很像,我还是要追踪他。你们可以跟着我们,也可以留下,随你们的便。"

他和哈尔罗杰兄弟朝发出刺耳的声音的地方走去,村民们不情愿地跟在后头。他们钻过树丛,爬过枯倒在地上的树干,绕过大树,朝"魔鬼"追去,可心里却盼着,千万别真的碰到魔鬼。

哈尔和父亲头上各戴着一个手电筒，手电筒光照亮了一小片树林，搜寻着那个黄色带黑色斑点的东西。

哈尔猛地停下说："我看到他了，在那根树杈上，蚁山的左边。"

亨特瞪大眼睛，对！他辨认出那的确是个黄黑色的东西，可能是那家伙用来伪装的豹皮。

露露，那条狗轻轻地咆哮并开始往前跑。

"回来，露露！"亨特把它喝住，"回来！"

狗悻悻地停下但仍咆哮不止。

"奇怪！"亨特说，"早些时候我们发现豹人时，露露安静得像只猫，而现在却那么激动。为什么？"

"如果我们就这样直接朝豹人走去，他一定会跑掉，就像刚才一样。"哈尔说着取下了头上的手电筒递给罗杰，"待在这儿照着他，别动。我偷偷地绕到他后边去，我能把他从树上拽下来。我带上刀，怕万一用得着。"

亨特立刻说："不到万不得已不要用刀。记住，那是个人，我们无权杀他。我知道，他行动可疑，但我们只能将他抓住，然后送往警察局去审问。"

头人出来反对了，他说："你儿子不能去，他虽然有劲儿，但他没有魔法，豹人会变成豹子将你儿子杀死。"

但哈尔早已溜进了暗处。亨特一点也不为儿子的安全担心。他知道儿子那1.82米的身材、一身弹簧似的肌肉对付任何一个人都不会吃亏。至于豹人会变成豹之类的迷信，他理都不理。他看到露露跟上了哈尔，行！他们俩对付那个神秘的怪人绰绰有余了。

2 豹 人

露露一直往前冲,哈尔把它喝住:"别急,露露,慢慢来!"他们钻出树林来到了河边。天上繁星闪烁,对岸那些行动缓慢的大黑影子是河马。几乎就在哈尔的脚下,一条鳄鱼把头搁在岸边打盹儿,这时也扭转身子潜入水底。

他们悄悄来到那棵树的后边,那是一棵猴面包树,一棵老树,可能树干已经空了。他们慢慢地绕到树的前方,看到了横干上那个黑影子。这时,一股浓烈的气味扑鼻而来。哈尔想起了在动物园内豹子笼旁闻到的气味。但他对自己说:那不是豹子,是人。

性急的露露已经发起了攻击,它狠狠地吼了一声就朝树扑去,与此同时,树干上那东西也扑向露露,两个东西在空中撞到了一起。哈尔一阵惊恐——那不是人,而是一只大豹子。露露在它的铁爪利牙下恐怕连10秒钟也支撑不了。两个畜生跌落在地上,豹子的牙齿咬着露露的脖子。

哈尔拔出刀冲了上去,他想救出露露。但两个畜生不停地翻滚,哈尔几乎看不准哪个是豹子哪个是狗,弄不好一刀子下去反把狗给扎着了。

这时,出了件怪事,豹子痛苦地号叫一声,松开了咬在狗脖子上的利牙。原来,露露脖子上戴的颈圈上有一排尖利的铜钉,正是这些钉子救了露露一命。钉子扎疼了豹子的嘴巴,它不得不松开嘴。

豹子立刻转向它认为可以轻易对付的另一个敌人。哈尔被它一扑,连带着豹子一起跟跟跄跄倒在河里,手中的刀子也被撞飞了。在沉入水底之前他本能地吸了一大口气。豹子的爪子抓破了他的衣服,扎进他的肌肉。哈尔知道,豹子的爪子比狮子的更厉害,狮子只用两只前爪撕抓,而豹子前后4只爪子一起用,还用牙咬。

父亲和其他人可能已来到河岸上,但他们帮不上忙,必须自己想办法救自己。水底躺着一根树干,哈尔用脚钩住它,这样就能将自己和豹子一起拉住沉在水底,他能将豹子淹死吗?还是自己先被淹死?

他在太平洋探险的时候获得过很多经验,从玻利尼西亚朋友那里他学会了不换气在水底足足待上3分钟。不知道在这个本领上豹子比他强呢还是不如他。他扼住豹子的喉咙将它推得离自己身体越远越好,可不能让它那有力的大嘴巴碰着自己的脸,而对那不断撕抓的爪子他就没有办法了。奇怪的是,他觉得抓得并不疼。其实不然,肯定会疼的——而且很疼。

在水下待3分钟不换气是一回事,在水下与一只大豹子进行生死搏斗的3分钟又是另一回事了。哈尔感到气紧;豹子也不行了,它几乎已经无力撕打,只想脱身。哈尔死死地掐住它,他的敌人已经越来越弱,他要是能再坚持一分钟……

他忘记了,水里还有鳄鱼。他听到附近有一阵强有力的拍打声,这才提醒了他。通常情况下,一条鳄鱼在攻击人之前会三思而后行,但当它闻到血腥味时,可能只会"一思",甚至一"思"也不"思"了。

哈尔松开钩住水底树干的双脚浮出水面,但他仍然将豹子头按在水中。从岸上射来的一束光线照到他身上,他听到爸爸的喊声,爸爸和罗杰同时跳入水中把他拖上岸。当豹子被拽上来时,哈尔摸了摸它的胸口,豹子死了。

2 豹 人

"你怎么样?"亨特问道,"伤得厉害吗?"

"只被抓了几下。"哈尔说。他现在太激动,还感觉不到疼。

那些本地人既高兴又害怕,高兴的是杀害他们孩子的"凶手"被打死了;害怕的是它会变成人。豹子软绵绵的尸体躺在河岸上,没有一个本地人愿意去碰一碰。当罗杰朝死豹子走过去的时候,头人紧张地喊起来:

"别过去,它一身都是魔法!"

亨特盯着头人忧心忡忡的面孔说:"你并不真的相信那一套,是吧?你上过教会学校,你说的是英语,你还学了些科学课程——然而你却怕一头死豹子!"

"我的朋友,"头人笑笑说,"学校里并不能学到所有的东西。我们的知识是由我们的父亲、父亲的父亲传下来的。我们早就知道了你们今天晚上才知道的事情,你也亲眼看到了:这头豹子变过人,又从人变成豹子。说穿了,它既不是人,也不是豹子,它是魔鬼!"

由于这夜晚的神秘气氛,也由于发生了那么多奇怪的事,罗杰感到头人说的话有点道理。他张着嘴盯着父亲老半天,然后说:

"爸,也许真有点像那回事,一切都那么怪,我几乎什么都得相信是真的了。"

父亲笑了笑,说:"也难怪你,但也许这一切并不像他们想象的那么神秘。我认为我已经开始看出点名堂了,还记得我们从村子里追出来发现的脚印吗?那些脚印后来在草坪里消失了。到我们重新找到脚印时,那些脚印似乎有点儿古怪——在每一个脚

2 豹 人

指头前边有个爪子印,一只活着的豹子行走时是不会露出爪子的,那些脚印是一只死豹子的脚留下的。"

罗杰的嘴张得更大了:"爸爸,你是不是有毛病?"

"死豹子脚套在人脚上!"亨特继续说,"你们还记得那些草的情形吗?它们不像被豹子压过那样伏于地面,那草有60厘米高,直立不倒,人走过的痕迹才是这样。那个家伙企图迷惑我们,让我们找不着真正的豹子。就这样,我们后来才看到那个披着豹皮的人。"

"但那是为什么——为什么他要将我们引开?为什么他要披着豹皮?"

"那是因为,他是豹团的成员。那些人是一伙杀人犯。在乌干达这儿他们活动不多,但我们已经靠近刚果的边界,他们在刚果以及中非西非有强大的势力。一加入这个豹团你就会得到一张豹皮,两只豹脚,那是用来绑在脚上的。他们手上套着钢爪子,那是用来撕抓他们的猎物的。他们被教导说,他们能够随自己的心愿变成真正的豹子。既然他们本人就是豹子,他们就要保护豹子,他们受命杀人。特别是要杀掉任何杀死豹子的人。"

罗杰使劲皱着眉头,他使劲想弄通他所听到的这一切。他问父亲:"你是说,他把我们从豹子的脚印上引开,后来我们看见了他——他跑了,到我们再次看到他时他已经变成了一只豹子!"

"他什么也没变。"亨特笑了,"他那时是人,现在还是人。不过正当我们第一次发现他的时候,有一只豹子叫了起来,哈尔发现了它,就是那一只。"他瞟了一眼河岸上那只死豹子。

"那个豹人呢?"

"谁知道！也许就藏在附近的草丛里正找机会干掉我们呢！因为我们杀死了他的豹子兄弟。"

"真是一个令人鼓舞的猜测！"哈尔说，"我们赶快离开这儿吧！"

3

乔罗失踪之谜

正当他们要离去时,一束手电筒的光照到了两只小豹子的身上,它们刚从猴面包树洞中钻出来,要找妈妈。它们就像长得大一些的小猫咪,不断喵喵地叫着用嘴去拱那湿漉漉的不会动的尸体。

亨特说:"可怜的小傻瓜!把它们带回营地吧,看看有什么东西可以代替它们妈妈的奶水。"

罗杰说:"我来抱它们!它们不会抓我吧?"

"不会,它们太小,还不知道怕人。"

罗杰小心翼翼地抱起小豹子,一手揽一只,他既得防它们的爪子,又得防它们的牙齿。

"把那只大的也带上!"亨特说,"会有博物馆对那身皮感兴趣的。"他挥手让那些本地人来抬死豹子,但没有一个人行动。

"嗯,哈尔,得我们自己动手。"他从猎装口袋里掏出绳子将豹子的4条腿绑在一起,哈尔找来一根粗树枝,穿过绑在一起的4条腿,哈尔与父亲一人在一头把重达50千克的豹子抬了起来。一行人抬着一只豹子、抱着两只小豹子开始往回走,两个手电筒不断地扫射着两旁,谨防豹人在某个地方伏击他们。

"公豹会怎么样?"哈尔问父亲,"它要是看到我们把它的一家子都弄走,会来攻击我们吗?"

亨特说:"一头雄狮可能会在几分钟之内攻击我们,但豹子可不那么顾家。它与母豹交配之后就不再管了,让母豹照顾孩子。公豹早不知道去哪儿了!"

罗杰突然被手上一阵凉冰冰的感觉吓了一跳,那是动物的鼻子,一定是豹爸爸的,它一口就会咬在自己抱着小豹子的手腕上。扔掉小豹子跑吧!——朝下一看,不是豹爸爸,是他们的露露。

露露是一条母狗,很漂亮,是马里喂养的。虽然是条母狗,但论力气、胆量、威武一点也不比公狗差。而且它还有一条任何公狗也比不上的优点:它爱每一个长着4条腿的小东西。为了来参加这次探险活动,它不得不撇下一窝小崽,而现在它似乎想给两只小豹子当妈妈。它跟着罗杰一道走,不断地嗅着两只小豹子,还用鼻子拱它们。

走出了黑暗,看到了营地的营火和四周的帐篷,大家都松了一口气。

亨特说:"抬个笼子来给两个小家伙吧,要个儿大的,让它们有地方玩耍。"

马里和图图从一部卡车上拖下一个装狮子用的大笼子,亨特将一条厚毛毯垫在一个装衣服的大篮子里,然后把篮子放在笼子的一个角落。小豹子们进了它们的新家,正当笼门要被关上的时候,露露一下子蹿了进去。

"出来!"马里喝道。但露露呜呜地叫着缩到最远的角落里。亨特说:"不如让它待在里边,看看它要搞什么名堂。"

马里关上笼门。露露开始打量两个大绒球,它坐了下来,似

3 乔罗失踪之谜

乎在沉思。然后，走向前挨个儿地嗅着两个小家伙——它们不像它的小狗崽，但也是那么可怜巴巴的，肯定得有个妈妈来照顾它们。

它走到篮子旁，回过头望着两只小豹子，轻轻地叫了几声。很明显，那意思是说："到这儿来！"但小家伙没听懂，它们害怕地躺在笼子冰凉的硬板上。

露露一副神色沉重的模样走到两个小家伙跟前，用嘴噙住一个的脖颈后面，把小家伙叼离笼底放进了篮子，安顿好了一个又叼另一个，然后它自己也跨进篮子躺下，身体蜷成半圆状，又用前爪把两个小家伙扒拉到身旁。两只小豹子只喵了一声就拱到了它身子底下去了，很显然，它们喜欢那种温暖。非洲的夜晚仍然是很凉的，虽然这儿靠近赤道。

亨特这时正给哈尔治疗手臂和胸口上的挠伤，幸运的是，哈尔的厚猎装多少起了点保护作用，伤口不至于很深。

"不就是抓挠了几下吗？没事儿！"

"被豹子'抓挠几下'不是闹着玩的，如不好好治疗，后果可能很严重。"亨特说，"它的爪子非常毒，因为它吃的是动物的死尸，还有，它爪子缝里会藏着那些腐肉。坐好！"

亨特用凉开水给哈尔冲洗了伤口，涂上消毒药水。马里到丛林里取来一些草根和树叶，并将这些草药捣成浆然后用纱布包裹在哈尔的伤处。

但是哈尔左臂上有一条很深、很宽的伤口，这样治显然不行，必须缝几针，而亨特翻遍医药包也找不着缝合用的猫肠线。

马里开口了："用蚂蚁来缝。"亨特听说过用蚂蚁缝合伤口的事，世界各地的原始民族都会使用这种技术，但他从未亲眼见过，这一次要开眼界了。他专心致志地瞧着马里用一根小棍在捅一个蚁山，这是非洲大陆上随处可见的一种蚁山。白蚁勇士们被惹恼了，冲出来好几百只。马里用手捉住一只，用手指头捏住蚁头直至它的嘴巴左右张开。他另一只手熟练地将哈尔的伤口捏合在一块，再将蚂蚁的左右两颚对准伤口的两边，一松指头，两颚就跟钳子似的将伤口咬合在一起。马里将蚁身掐断，紧咬着伤口皮肤的两颚连同蚁头就留在伤处直至伤口愈合，那时再将蚁头取下即可。马里将蚂蚁一只一只地捉来咬在哈尔的伤口上，一直到整个伤口全部缝合为止。哈尔和父亲钦佩地看着这个黑人，最后他把刚才捣碎的草药敷好，缠上绷带。经这样处理过的伤口，愈合是不成问题的。亨特为保险起见，还是给哈尔打了一针青霉素。

这时东方已现玫瑰色，没有人再想睡觉。因为还有一个疑团尚未解开：狩猎队的踪迹辨认权威乔罗昨晚上哪儿去了？出发时已经喊上他，但当需要他辨认踪迹时他却失踪了。他为什么留在营地？他真的留在营地了吗？

厨子正在各个帐篷间穿来穿去给人们上咖啡，亨特说："叫一下乔罗，说我想见他。"

"乔罗不在，先生。"

"他应该在营地，他没跟我们出去。"

厨子似乎吃了一惊："他没跟你们在一起？那他上哪儿去了？"

"这正是我想知道的事，啊，他来了！"

3 乔罗失踪之谜

厨子回头一望,看到乔罗正从树丛中钻出来,很显然,他不想让人们看到他,蹑手蹑脚地像个猫似的溜进了他的帐篷。他像平常那样光着上身,只穿了一条猎装裤,好像胳膊底下还夹了一捆什么东西。

"请他到我这儿来!"亨特说。

乔罗进来的时候,亨特心里不禁咯噔了一下。乔罗一脸憔悴,眼里充满敌意。亨特不是第一次看到他这种痛苦的神情,而这次特别明显。乔罗是个出色的踪迹辨认专家,这是他第一次违抗命令。

亨特问道:"乔罗,昨晚我叫你跟我们一块去的,你听到我叫你了吗?"

乔罗绷着脸说:"没听到。"

"昨晚你上哪儿去了?"

"当然在这儿。"

"但大家说你不在营地。"

"他们弄错了,我在我的帐篷里,睡觉。"

"但几分钟前,我看到你从树林中出来。"

"是的,先生,我一早就出门找你们去了。"

亨特看到这样问下去毫无用处,就换了个话题说:"乔罗,你知道豹团的事吗?"

可以清楚地看出,这问题使乔罗非常不安。亨特意识到乔罗在某种程度上为一些可怕的势力所控制,在乔罗的身上,善与恶正在搏斗,乔罗需要同情和帮助,而不是敬而远之或以牙还牙。

乔罗不安地倒退着:"我可以走了吗?"

"乔罗,"亨特和蔼地说,"你有了麻烦,但又不想说出来,这也没什么。但记住,在这个营地,你就是在朋友之中,如果需要帮忙,你只要开口就行。"

"我不需要你们的帮助。"乔罗突然动了火,接着就离开了帐篷。

4

小豹子的早餐

亨特出了帐篷走进早晨的阳光中,他深深地吸了一口早晨的空气。草叶上缀着露珠儿,篝火上正煎着的鸡蛋和咸肉散发出清新而香甜的气味。哈尔和罗杰也出来了,他们一起欣赏着非洲大草原上每天早上都不同的奇异景色。

在刚刚升起的朝阳的照耀下,野兽们都来到河边饮水。野兽、野兽,还是野兽,各种各样的野兽,成千上万的野兽都出来了。

"我做梦也想不出这种情景。"哈尔说。

"除非亲眼看到这一景象,不然谁也不会相信。"亨特说,"我每次来到非洲,这景象都强烈地感染着我,就像第一次看到一样。你们经常可以读到些文章,里面说,野生动物正在消失,在某种意义上说,这是真的。但你们也看到了,在这儿,还有那么多。"

罗杰发表了自己的看法:"就像世界上所有的动物园都打开了。"他身子转了一圈,眼里看到的是一片汹涌的、此起彼伏的动物脑袋的海洋。每个脑袋现在想的都是同一件事情:早餐。在它们到河边的路上,吃草的动物一边走一边吃两旁的灌木和草;吃肉的则追逐其他弱小的动物。河对岸也是同样的景象。亨特指着经过营地附近的动物,一一列数它们的名字:那一副高贵模样的是旋角大羚羊；那体态优美轻盈的是高角羚。高角羚是一种可爱的动物，它们碰到树丛一类的障碍时不是像旋角大羚羊那样绕过去，而是一蹦两米高跳过去。牛羚（也叫角马）笨拙地扭动身躯，就像一个胖女人在跳摇摆舞；小个子的麂羚碰到树丛是一头扎进去，从另一边钻出来。

不断涌来的还有：像马一样奔腾踊跃的斑马，长面孔的狷羚，蹦蹦跳跳的岩羚，小得几乎可以放进口袋的小羚、水羚、薮羚、赤羚、长角羚，以及可爱的瞪羚，在整个非洲都可以见到这种瞪羚，还有格氏瞪羚、汤氏瞪羚。

一只长颈鹿从营地旁边经过，它那长长的脖子伸向天空，像起重机的吊臂。它吃了几口树顶上的嫩叶然后走向河边。它那高高的脑袋怎样才能够得着河水呢？就算它低下脑袋，那脑袋垂到最低处离河面也还有几十厘米。它的本能使它知道怎样解决这个问题：它把两条前腿分开前伸，这时它的身体从尾到头就像个屋顶那样斜向水面，头也就很方便地够着水了。它每喝一口水，长脖子就鼓起一个板球大的包滚向喉咙。

"狮子！"罗杰惊呼了一声。两头褐色的有着长长的鬃毛的大雄狮低着头就像在伦敦特拉法广场散步似的走向河边。罗杰感到奇怪的是，离狮子只有几米的瞪羚和小羚竟然理都不理这两只百兽之王。

他问爸爸："它们为什么不害怕？我原以为所有的动物都怕狮子。"

"看到它们那沉甸甸的肚子了吗？"亨特说，"狮子晚上吃了东西，肚子饱了，心满意足。羚羊们知道，它们才不怕哩！"

4 小豹子的早餐

一头狮子朝天吼了一声，那真是惊天动地。罗杰想，它一定会扑向身旁经过的某种动物。像那样一吼，当然动真格的了。但其他野兽只把那一吼当作耳旁风，不予理会。亨特看到了儿子的迷惑神情。

"狮子是吃饱以后才吼叫的，"亨特说，"也许，这是它在说谢谢呢！这表示它心满意足了。如果晚上你听到狮子吼叫，别害怕。但必须提防那些不吼叫的狮子，狮子饿的时候总是不声不响地接近猎物。"

到目前为止，所有的动物都彬彬有礼地绕开营地往前走。但这时突然出现两个庞然大物，身子黑糊糊的，像两个火车头照直冲进了营地。它们碾倒了一顶帐篷，两名狩猎队员惊恐地尖叫着冲了出来。两头巨大的犀牛一直往前走，踩灭了营火，踢翻了锅，鸡蛋、咸肉、咖啡满天飞，溅了它们一身，也溅了目瞪口呆的厨子一身。犀牛走出营地向河边走去，一队狒狒慌忙躲开逃到树林中。

非洲人很容易受惊吓，但一旦危险过去，他们会放声大笑。现在看到营地被这两个"火车头"踹得如此狼狈，他们禁不住捧腹大笑。他们又笑又唱地支起被撕破了的帐篷，厨子拾起他的锅碗瓢盆，捡回还在冒烟的柴重新生起火，一切从头开始，给大家做早餐。不过人人都提心吊胆，生怕其他犀牛也会跟着来。

"它们为什么撞进营地？"哈尔感到奇怪。

"它们也许就不知道这是个营地，"亨特说，"犀牛是非洲大陆最愚蠢的动物，视力极差。那两个家伙也许就没看到帐篷和篝火，它们只知道前边有条河，那么路上不管是什么也挡不住它们。"

装着小豹子的笼子那儿传来了一声怯生生的喵。一大早人们就把狗放出去了,现在它晨跑回来,瞧着笼里的小豹子轻轻地哼着。两个小家伙用后腿站立,前爪扒在笼子的铁栅栏上看着它们的狗妈妈不断地喵、喵。

罗杰问:"小豹子早上吃什么?"

父亲说:"真是个问题。它们应该吃妈妈的奶,但它们的妈妈死了。得给它们冲点奶粉,在火上温一下。"这不难,一下就弄好了。而如何把奶灌进小家伙的嘴里可不容易。人们倒了一点在碟子里,小家伙急得围着碟子转,但就是不知道去舔。

"我们得找个带橡皮奶嘴的奶瓶,这样它们就能吸。它们吃妈妈的奶就是这样的。但我们营地里不可能找到奶瓶。"

"试试用汤匙喂它们?"罗杰说。

"试试。"

罗杰打开笼子拉出其中一只,小家伙又扭身子又咆哮,但它不咬,也不用爪子撕抓。罗杰将它紧紧地抱着,亨特用拇指顶住它的嘴巴一侧,其他手指捏住另一侧。用这个办法可以捏开猫的嘴巴,也可以打开狗的嘴巴。但豹子的颚太有劲了,小家伙的嘴巴还是紧闭着。哈尔也得来帮忙,罗杰抱住小豹子,爸爸手端着装满牛奶的汤匙,哈尔一手在上一手在下扳着小豹子的上下颚,他满怀信心,这绝对可以叫这小家伙张开口。然而,不管他怎么使劲,那张嘴连松都没松一下,似乎这小家伙全身的劲都使到嘴巴上。突然,它头一晃,亨特手中的牛奶就被打飞了。牛奶从它的胡子上朝下滴,可它的嘴巴仍然紧紧地闭着。

4 小豹子的早餐

哈尔笑了:"真滑稽!3个大人还不能让一只小猫开口吃奶。"

大狗露露这时用鼻子嗅着绒球似的小豹子发出猗猗的呜咽。

"怎么啦,露露?"罗杰问道,"你想说什么?"

亨特仔细打量着露露:"我也猜不出它在想些什么。"他叫露露的主人马里,"马里,你说过,露露刚生过小狗,是吗?"

"是的,先生。"

"那它可能还有奶,既然它已经同意收养这俩小家伙,也许,它想给它们喂奶了。罗杰,把这小家伙放回笼子里,让门开着,看看会怎么样。"

露露叫了两声就跟着小豹子进了笼子,它叼起一只放进篮子,又把另一只也叼进篮子,自己也进去躺下。但仅仅如此而已。两个小家伙爬离露露,有一只开始朝篮子外面爬。

亨特说:"得教教它们。"他跪着爬进笼子,抓住小豹子的后脖儿按向露露的乳房。小家伙开始想挣脱脖子后面的手,但挣不脱也就安静下来了。它们的嗅觉逐步地把它们吸引到了露露身上,开始舔了,然后就贪婪地吸了起来。

亨特放开手,爬出笼子,小家伙们喉咙里不断地发出满意的咕咕声,吃得非常得意。罗杰想关上笼门,亨特说:"我看不必了,它们知道那儿有奶吃就不会跑了。"

它们吃够了就伸展身子躺在露露的身旁,发出心满意足的呼噜声,那简直就像风琴响。露露则不停地舔着它们的身体。

罗杰说:"它在给小家伙洗澡呢!"

"看起来像是清理它们的皮毛,"亨特说,"实际上,它在给它们按摩呢!帮助它们消化。很多动物妈妈都本能地会这一

4 小豹子的早餐

点——狗啊、豹子啊、羚羊啊以及好多其他动物。"

罗杰欢喜地看着他的两个宠物——他把它们看作是他的了。那身毛像黑色的金子,身上的圆圈和斑点颜色很浅,不像成年的豹子。随着它们的长大这些斑点会显现得越来越清楚。那时,胡子也会更长更硬。那双黄绿色的眼睛露出一道凶光,但还不像老豹子的那么凶。它们的牙和嘴已经大过一个成年人的嘴,但它们蹒跚着满处爬时,可以看出来那爪子还是个幼崽的爪子。

"我们能一直把它们喂养大吗?"

"不行,得送到动物园。在那儿它们会得到很好的照顾。长大了的豹子可不能当宠物。"

"为什么不?小东西的性情也不坏,它们还没伸出过一次爪子呢!而且豹子长大了个儿也不大——不像狮子。"

"但是,它们长大后就不是那么好脾气了。"亨特说,"不管人们如何友善地对待它们,它们最终还是变得凶残。一头狮子或一只大象可以成为你终生的朋友——但豹子不成。它的本性就是猜疑和憎恨一切活动的东西。豹子非常有劲儿。动物学家说,就它的身体大小与它的力量相比而言,豹子是地球上最有劲儿的野兽。豹子是爬树的能手,它爬起树来就跟你在平路上跑步一样快。它捕到猎物后会将猎物拖到树上搁在高处的杈桠上,这样,不管是狮子还是鬣狗都够不着。猎人们都说,看到过豹子拖着比它重3倍的水羚或斑马的尸体爬树。听起来不太可能,但有人将豹子射杀之后,将豹子和它的猎物的尸体都称了,证明人们说的是真的。豹子的胆子比其他动物都大,你可以问问这些村民,他们是不是最怕豹子。狮子不会进屋,大象进不了屋——而豹子可不管那么多，从门，从窗，它都可能蹿进屋内，然后捉住它碰上的第一个活物。"

"那为什么狩猎队不把所有的豹子都杀了？"

"问得好，"父亲回答说，"答案在于，在整个自然界中，豹子有它自己的位置。首先，它限制了狒狒的数量。豹子很喜欢狒狒肉的味道。如果不是因为有了豹子，那狒狒的数量就会大大增加，恐怕所有土里长出的东西都将被狒狒糟蹋得一干二净。狒狒胆子之大，竟会袭击村庄，咬死数以百计的村民。这种事，在这个国家某些没有豹子的地区就发生过。"

罗杰一巴掌打死了手背上的一只采采蝇，他调皮地对着父亲说："嗯，爸，如果每样东西都有某种作用的话，那你告诉我，采采蝇有什么用呢？"

亨特笑了："你以为你难住我了，小鬼头！好吧，我跟你说说采采蝇有什么作用。首先我承认这是地球上最危险的蝇，因为被它叮咬后会得昏睡症。这也仅仅是可能，并非总是如此——大多数情况下被采采蝇叮过后都没事儿。这种危险的蝇类的好处在于，没有它们的话，你现在就看不到成千上万种动物了，它们就不会在这儿了。"

"怎么可能呢？"

"我记得有一次我与察沃的守备队队长一起穿过察沃野生动物保护区时，我也打死了一只采采蝇。队长说：'别打死采采蝇，这是我们的朋友，没有采采蝇我们也就没有野生动物公园了。'我知道他说这话的意思，非洲人放养数以百万计的牛，牛群漫步在这块大陆上，吃光了草，甚至连草根也嚼光了。野生动物只能

4 小豹子的早餐

饿肚子。但有一种地方牛去不了,那就是采采蝇生活的地区,因为采采蝇的叮咬对牛来说是致命的。这些地方也因此才得以保留给野生动物。"

"可是,采采蝇不也可以咬死野生动物吗?"

"不。因为野生动物与采采蝇在一起共同生活了很久很久,它们对采采蝇已经产生了免疫力,它们习惯了。你注意到没有,这个村子没有牛,那就是因为,这儿是采采蝇生活的地区。当然,牛是有用的,但也得留些地方让世界上的野生动物们生存。"

罗杰看着人们在剥那头豹子的皮,他说:"真糟糕,我们不得不把它打死。"

"是的,当它们危害人的生命时,我们不得不采取行动。"

"谁要那张皮?"

"在纽约的美国自然历史博物馆已经订了一张。如果它不要,某个皮货商也会感兴趣的。"

"它能值多少钱?"

"大约230镑。"

"做一件毛皮大衣,像这么大的皮得多少张?"

"差不多8张。"

罗杰吹了一声口哨:"那么,一件大衣就得1800多镑!"

"还不止。皮货商还要赚一笔。一件豹皮大衣他大概要卖到2500镑左右,这要看皮的质量而定。前一阵豹子皮不太时兴了,而现在又再次变成时髦。也许是物以稀为贵吧,豹子越来越少了。当然,没有人只是为了保暖而花那么多钱。高贵的阔太太花1300镑可以买一件奥洛特皮大衣,花1000镑买一件猎豹皮大衣,或花350镑买一件美洲豹皮大衣。豹皮最时髦也最耐用。"

早餐已经准备好，饿了的猎人们都坐到了桌旁使劲地吃了起来。露露也从笼子里跑出来吃它的那一份。人们的注意力都放在了咸肉、鸡蛋、饼干和咖啡上，谁也没注意两只小豹子，直到罗杰喊了起来：

"它们出来了，跑了！"

但它们并没有跑开，而是摇摇摆摆地追它们的养母——狗妈妈露露。它们用头去蹭狗妈妈的腿，舔它的毛，还嗅嗅它碟子中的肉，然后转头就跑，它们还不认为肉是美味。它们现在还是可爱的小野兽。一个小家伙爬上了罗杰的膝头，伸出舌头去舔罗杰的脸，那舌头就像一张粗砂纸，罗杰的脸上立刻渗出了血。

"噢！"罗杰大喊一声，"你对我太亲密了！"他将这小绒球拉回到膝头上。小豹子拨开罗杰的手，一下跳上了桌子，一只前爪踩住了罗杰的煎蛋，另一只踩翻了咖啡。罗杰抓住它放回到地上，它开始舔自己的湿爪子。

而这时候人们发觉另一只小豹子失踪了。

"不会跑远的，"亨特说，"看看那个帐篷里。"

人们钻进帐篷，搜寻着每一个角落，吊床底下，帆布澡盆里，哪儿也找不着它。人们钻出帐篷，搜寻营地附近的草地和树丛，也没结果。

营地边上有一棵树，树枝伸到了营地里。罗杰偶然抬头朝上一望，小家伙就在那儿，一动不动地趴在一根树杈上，明亮的眼睛望着下边那些傻乎乎的人们到处钻。这时，它的模样不再是一团小毛球，而是一头真正的豹子，在它的黄绿色的眼里已经可以

4 小豹子的早餐

看到凶光,它随时可能扑向下面经过的人。它没学过这本领,而这是豹子世代相传的本能,这种本能已经深深地印入了它的头脑和每一根神经。

5

倒霉的比格上校

比格上校在这个时候走进营地完全是他的霉气。那头高卧在树杈上的小豹子是第一个看到他的,淘气的小家伙蹲下身子,伸出爪子,随时准备扑向这位来访者。

比格上校只注意到营地、篝火和人,鼻子里闻到的是咸肉和鸡蛋的香味。他饿了,根本没看到树杈上的这个大绒球。他还没走出树丛,他想趁着人们还没看到他时打扮一番。他摘下帽子,从口袋里取出梳子梳理头发,揉平了帽子上的皱痕,戴在头上,又朝旁边压一压以取得恰当的斜度。要知道,他是个白人狩猎家,或者说他假装是白人狩猎家,那就必须看上去像那么回事。他扯了一下猎装夹克,掸掉短裤上的灰尘,然后挺起胸脯,像个突胸鸽似的,摆出一副要人的气派。这可不容易,因为他不是要人。很不巧,这位白人狩猎家本杰明·比格上校,其实既非上校,也非白人狩猎家。他在罗得西亚曾有过一个农场,但他并不是个好农民,破了产,农场也没了。正当他在考虑以后怎么办时,有个人向他提议道:"为什么不当个白人狩猎家?"

真是个令人激动的主意。他,白人狩猎家!

当有钱的美国人,或德国人,或随便什么人想要猎捕大野兽时,他们就要雇佣一个白人狩猎家跟自己一道活动。他必须是个了解这块土地,知道到哪儿才能找到野兽,还要知道怎样开枪的

5 倒霉的比格上校

人。一旦出猎,一切由白人狩猎家安排照顾。他保证营地里供应充足,他追寻大象、野牛或狮子的踪迹,他下令客户猎手何时开枪,如果客户猎手只伤着了野兽而遭到野兽攻击时,白人狩猎家得一枪击中野兽的心脏或脑子,让它当场毙命以保护他的客户的生命。当客人猎手手持猎枪,一只脚踏在被打死的野兽身上摆着姿势照相时,白人狩猎家有资格站在他的身旁。

骄傲的生活,丰富多彩的生活,谁不想当个白人狩猎家呢!

"但我不行,"比格说,"我对打猎一窍不通。"

他那朋友说:"别跟我说这些,你射杀过什么东西吗?"

"只打过一只野兔子,还让它跑掉了。"

"没关系,你用不着懂射击,你的顾客会射击。"

"如果他打飞了呢?"

"事先跟你的扛枪人说好,随时准备开枪。一旦你的客户猎手打飞了,你和你的扛枪人同时开枪,总会有一枪打中的,谁能说那一枪不是你开的?"

"但我不知道带人家到哪儿去找野兽。"

"那也没关系!你手下的非洲人知道,让他们去找,让他们出力,你收利。"

"听起来不错,"比格笑了,"我如何开始呢?"

"在一家体育杂志上登一则广告,写上职业猎手、经验丰富、专业枪法、保证有收获等等,然后是你的名字和地址。哦,还有一件事,你的名字前必须得有个头衔。"

"比如?"

"上尉、少校什么的。这样你才好推销自己。报报你的军阶吧!"

本杰明·比格想了一会儿,如果上尉好听的话,少校就够响亮了,而上校就更响亮。从此,他就成了本杰明·比格上校,白人狩猎家。

他在《户外生活》杂志上的广告带来了一份电报,这是纽约一个阔佬儿拍来的:请报30天狩猎向导的要价。他一定很阔,因为比格回电开价7000美元时,他竟然不还价。比格的价钱被接受了。他交代他的顾客与他在内罗毕见面,大多数狩猎队都要在那儿装备好。

这位顾客荷赖姆·布尔文克尔和他的夫人,按预定时间到达。他们在诺弗克旅馆会见了那位著名的狩猎家。在未来的一个月里,他们的生命将有赖于他的本事和胆量。

比格上校淋漓尽致地扮演了他的角色。他谨慎地提到他在战争中立下的功绩(他不说哪一次战争),还说出一连串他从前的顾客的名字,如奥地利阿奇壮克以及挪威王子等。布尔文克尔夫人完全被这位身兼战争英雄和荒原英雄的人物迷住了。布尔文克尔先生也很高兴,但也稍许有些不安。不管怎么说,这位职业猎手似乎太高级了一点。

比格拜访了一家狩猎装备公司,公司为他办理了一切,而他对这一切一窍不通。公司为他取得了狩猎许可证,请了有经验的本地的扛枪人和辨踪人,装备了30天的食物,还有帐篷、吊床、折叠式帆布澡盆、吉普车、越野车等等。

就这样,"上校"领着顾客,本地人领着"上校"开始了他们的狩猎。

5　倒霉的比格上校

第一个星期一切都还可以。布尔文克尔先生猎杀了一头大象：他的子弹几乎没伤着大象，但他那威风凛凛的白人狩猎家和3个黑人扛枪人同时开火，大象倒下死了。

奇怪的是树上一只猴子也同时被打死了。比格上校解释说，他的扛枪人中有一个人的枪法不怎么好。但布尔文克尔先生想起来了，当时比格上校的枪很奇怪地乱晃，开火的一刹那，枪口大大地高过大象的背部，完全是指向了树上的猴子。

猎物中又增加了一只水羚，一只角马，还有一只斑马。但每一次的行动，都使布尔文克尔先生对这位白人狩猎家增加一份疑惑。他开始怀疑这位白人狩猎家是个骗子。

后来有一次碰上狮子。布尔文克尔夫人离开营地约30米远要去打一只汤氏瞪羚，她拿的是一支吕格比枪，这种枪打羚羊正好，但对付不了大野兽。然而她并不害怕，因为她身旁跟着白人狩猎家，他拿的是尼特罗连发，这是一种非常厉害的枪，什么野兽都对付得了。

象草中竟然钻出来一头雄狮，它盯了两位猎手一会儿，然后转身要走，并不想惹麻烦。夫人知道自己的枪不是用来打狮子的，便悄声对比格说："干掉它！"比格上校瞧瞧身旁，这一次他的扛枪者一个也没跟着，帮不了他的忙。管他呢，没什么可怕的，这头狮子一定是个胆小鬼。它不是要跑吗？如果能射杀这头狮子，这该是他多大的荣耀啊！比格举起他的大枪开了火。

接下来发生的事吓破了他的胆。那头受了伤的狮子愤怒地咆哮一声，扑向开枪者。

比格上校扔下枪，不顾一切地逃命去了。而布尔文克尔夫人没有退却，也朝狮子放了一枪。狮子奋力一扑，压倒了夫人，利牙和尖爪都抓住了她。她只听到另一声枪响，就什么也不知道了。

当她醒过来的时候，发现自己躺在帐篷里的吊床上。一位老枪手刚给她上好药扎完绷带。

"出了什么事？"她问道。

"这位枪手及时开了火，狮子死了。"她丈夫说。

"比格上校呢？"

"滚了。我让他打包袱回家去了。我对他说，如果再让我看到他我就把他宰了。"

"但没有他我们回不了内罗毕。"

"废话！我们的非洲朋友会把我们带回去的。迄今为止，这次狩猎旅行靠的完全是他们。你想到没有，要不是这位枪手，你已经没命了。比格像个被吓破胆的兔子一样跑了，把你留给了狮子。白人狩猎家，哼！他是个冒牌货。甩掉他还真是我们的运气呢！"

就这样，比格上校游荡了三天三夜，现在，一股烤肉和鸡蛋的香味把他引到了亨特的营地。

他这个不速之客已经被人发现了。他梳头、歪戴帽、挺胸装模作样都被罗杰看见了。罗杰还发现了树杈上趴着的小豹子。这位不速之客也看见了罗杰，他喊着：

"小家伙，我想见你的主人。"

罗杰不在乎"主人"这个词，可"小家伙"却着实让他恼火。他那貌似无邪的脑袋里又闪出了鬼点子。他朝前走了几步，

5 倒霉的比格上校

在离豹子趴着的那棵树很近的地方停下了。要与他接触,那个陌生人非得从那个树杈下走过不可。

罗杰彬彬有礼地开口了:"早上好,先生。我该给我的主人通报谁来了呢?"

陌生人挺起胸、昂起头说:"本杰明·比格上校,职业猎手。"

"是谁呀,罗杰?"传来了父亲的声音。

"是个大人物,爸!您来一下。"

亨特过来了。要不是罗杰伸手拦住他的话,他就会直接从小豹子的树杈下走过去与来访者握手。来访者报了姓名和军阶。

亨特想,我认识所有的白人狩猎家,但从未听说过这一位。但他也只是说:"欢迎,你怎么一大早就出来了?你的营地就在附近吗?"

"不是,先生。我原来做一个美国傻瓜的向导,还有他的夫人,一个更大的傻瓜。他们的愚蠢使他们不断陷于绝境,是我一次又一次地拯救了他们。他们不听我的指示,我只好取消合同,把他们打发回内罗毕了。"

"你怎么办呢?"亨特问,"你一个人留下,没车,没枪手,没食物怎么办?"

"我不在乎这些事。"比格虚张声势地说,"我对这块土地了如指掌。只要有这个——他拍了拍手中的枪——我就不会挨饿。有那么多的猎物,何况我的枪法还不错。"

"那你一定吃过早饭了。"

比格朝亨特身后的篝火和餐桌上望去,不禁咽了几下口水。

"嗯，呃，如果你们不介意的话，我可以跟你们一块坐一坐。但我可不吃东西，我饱得很。"他拍拍肚皮，"没什么比烤野牛排更好吃的了。"

"这么说今天早上你就打了一头野牛？一个人对付一头野牛可不是一件容易的事。"

比格立刻神气得像只鼓起肚子的牛蛙："你们要是干这一行有我那么长的年头，你们就不知道什么是怕了。"他朝餐桌的方向迈了一步。这时他几乎就站在小豹子的树杈下。罗杰心里说，再来一步，一步就行。

比格又跨前一步，接着他就发出了一声非人的尖叫。有个东西咆哮着扑到了他的头上，把他撞了个趔趄倒在地上。他扔掉枪，两臂乱舞，两腿乱蹬，想从这只可怕的野兽爪下逃生。他的尖叫让人以为他的末日来临了。

亨特抱起小豹子，把这个魂不附体的人扶起。当比格看到攻击他的野兽只不过是一只吃奶的小豹子时，他满脸通红。亨特假装什么也没看见，他对比格说：

"你起码得喝杯咖啡吧。"说完就领着客人走向餐桌。

比格几乎是一言不发地吃了 6 个鸡蛋，8 片烤肉和 10 份涂了牛油和蜂蜜的面包，喝了 5 杯咖啡。亨特看出来，他的客人是饿极了。他叫厨子再烤一大块羚羊肉来。比格一下子就吃光了。又喝了几杯咖啡之后，比格那被吓跑了的、自命不凡的神气才又回来了。

"随便问问，"他边说边向四周张望，"你们的职业猎手向导呢？"

5　倒霉的比格上校

"我们没有职业猎手向导。"

"什么？没有职业猎手向导？你们的处境不妙啊！你们从哪儿来？"

"纽约。"

哈！比格想，又是一个无知的纽约佬。比格已经蒙过一个纽约佬——起码蒙了一个星期——也许对付这一位会更加得心应手。

"一个城里人，"比格说，"纽约市的街道绝不是了解狩猎大野兽的好地方，是不是啊？"

"我想，是的。"

"这么说你们对狩猎一无所知啦？"

亨特微微一笑说："知道一点。"他想，用不着跟这个人解释，自己并不只是个城里人。亨特在城里有幢房子，但他大部分时间都在乡下的野生动物基地里，他的基地里养着从非洲、印度、南美等地抓捕来的野生动物，回头送到需要它们的动物园、马戏团。他想，也用不着说明通过那么多次来非洲狩猎，他对狩猎的了解比大多数职业猎手都多得多。他不但能射杀野兽，还能活捉它们，这可难得多。

他的两个儿子也是好猎手，在亚马孙丛林中，在他的指导下，他们活捉了许多珍奇的动物，有大食蚁兽、貘、大蟒（世界上最大的蛇类），以及美洲豹。在太平洋，他们捕到过大蝠鲼、大鱿鱼、大章鱼，还潜入海底搜寻沉船上的珍宝。

"我跟你说说我的打算，"比格神气地说，"你们需要我，这很清楚，我不会让你们失望的。很幸运，我刚好有空。我给你们当向导，要价很低——300镑一星期，怎么样？但请注意，我不能跟你们太久，我还有很多其他重要的聘约。"

"不用了，谢谢你。"亨特说，"我不打算占用你宝贵的时间。祝你能安全返回内罗毕。"

一阵恐慌袭上比格心头。他可不敢再回到那个猛兽出没的荒野中。即使不被野兽抓住并很快地被结果掉，他也会慢慢饿死，然后就是兀鹰来剔他骨头上的肉。说到内罗毕，他连它在东西南北哪个方向都搞不清楚。无论如何他得想法留下来靠这个狩猎队保护自己。

亨特从他的目光中看出了他的焦虑，亨特的心软了，亨特对野兽都有着天生的仁慈，更不用说对人了。亨特不喜欢这个大骗子，但又不忍心把他赶回丛林和荒野中让他听天由命去。

亨特开口了："我们不需要职业猎手，但如果你想留下来，我们很高兴有你这样一位客人和我们一起完成这次狩猎。"

比格心中的一块千斤巨石落了地，他小心地、不露声色地松了一口气。

比格噘起嘴，慢吞吞地点点头，似乎正认真地考虑这个提议。"我是个相当忙的人，"他说，"不过，我不会弃你们而去，免得你们碰到许多麻烦。"他高兴地挥挥手："佣金就算了，如果能帮你们的忙，我就留下来陪你们待几天。"

亨特心想，你能帮助我们的最好方式就是别来妨碍我们，但他嘴上说的却是："别客气，我让孩子们给你支顶帐篷。"

6 最大的"锄草机"

罗杰从未见过的最大的"锄草机"正在割草。

就在营地外面,一个像门那么大的嘴巴正在连根啃掉地上的草,啃得是那么干净,以致"锄草机"后面出现了一条宽130厘米的寸草不留的小径。大嘴后面连着的身躯就像营地里的帐篷那么大。

"天哪!"罗杰叫出声来,他几乎不相信自己的眼睛。

听到叫声,那庞然大物停止了咀嚼。它抬起头来用那鼓得几乎要掉下来的大眼睛瞧着罗杰。

它朝前走了一步,又停下来,似乎在想,这奇怪的两条腿的东西伤害不了我,何必跟他过不去呢?它不怕他,能一口将他吃了。但它并不喜欢这种食物,它还是比较喜欢草。

"看!"罗杰的舌头终于又听使唤了。哈尔和父亲回过头。河马两耳支棱着,眼睛更加鼓了出来。

"别动!"亨特说,"只要不去惹它,它就不会攻击我们。"

"瞧它的肚子有多大,大概有3米高——几乎与它的身体一样长,它从头到尾大概有5米长。"

"它有多重?"

"差不多有三四吨重。"

"瞧,它在打哈欠!"罗杰喊道。

也许是想表示它不在乎这3个小玩意儿,也许是它真的还没睡醒。河马张开大嘴打了一个大大的哈欠,亨特父子看到了一个阔130厘米,深120厘米的洞穴。罗杰几乎可以跨进去——他可不想这么做。洞穴两旁是硕大的牙齿,大部分是臼齿,而前边的犬齿足有1米长。

罗杰说:"很多大象的牙齿都没那么长。那些牙齿真像它们的样子那么厉害吗?"

"可以咬穿金属,这一头的牙还不算很长呢,我见过130厘米长的。上牙不断地磨下牙,不让下牙长得过长。如果上面那一颗牙掉了,下面那一颗就会猛长,有记录的最长的河马牙长162.56厘米。"

"它们有什么用?——我是说那些长牙。"

"河马的牙非常硬,比象牙还硬。多年来人们用它做假牙,我猜想很多来这儿猎河马的猎人还不知道,他们嘴里的假牙是用河马的长牙做的。"

"博物馆买河马头吗?"

"买!一只河马脑袋值700镑呢!但如果我们能送一只活的回去,那我们可以赚2800镑。我想汉堡动物园会想要这个小家伙的。"

哈尔叫了起来:"小家伙?!"

"是的,它还没长大呢,它很快就会习惯动物园的生活而不再思念它的非洲老家。"

河马的哈欠还没打完。罗杰说:"我还没见过这么长的一个哈欠。"

6 最大的"锄草机"

他的父亲表示同意:"对,它是打哈欠世界冠军,有时它从水里冒出来打哈欠时头仰得太高而来个后滚翻。不过它的哈欠可是大有用场的。它待在水底的时候头总是向着上游的,大嘴巴张着,总会有些鱼随着水流进它的大嘴。这时,它脑袋一仰,鱼就进了它的喉咙了。"

它的厚嘴唇是玫瑰红色的。罗杰说:"我在想,不知道它用的是什么唇膏,恐怕一个嘴唇就需要1升多的唇膏,它一定喜欢红色,瞧它满身都是红的。"

河马那巨大的身躯上满是红色的液体。亨特说:"博物学家们老是说,河马身上流出来的红色液体是血,其实那不过是红色的汗水。它很容易被阳光烧伤,所以大部分时间老待在水下。如果需要露出水面晒太阳的话,它就要抹上很多的护肤霜。它最喜欢的护肤霜是烂泥。你们会想,5厘米厚的皮肤还怕被太阳光烧伤!——看看它脖子后面那些裂缝就明白了。它回到河里之后就会用泥浆填满那些裂缝。有一次我捉到一头年轻的母河马,它身上被阳光严重晒伤,我不得不给它注射了40毫升的青霉素,还给它挖了一个很舒适的泥坑让它待在里面,一个星期后它就好了。"

这头河马的背上有8只鸟在啄虫子吃。它们特别留心那些褶皱,那里肯定可以找到叮咬河马的各种小虫。河马从不摇动身子驱赶这些鸟,有一只鸟追逐一只飞进河马嘴巴里的小虫而进了那个大嘴巴,它抓住小虫后,就停在一颗牙齿上享用它的美餐。河马并没有合上嘴巴来教训这只无礼的鸟。

亨特说:"这种鸟是河马的好朋友。"

鸟飞走了,这个庞然大物慢慢地合上它的血盆大口。它再次疑心重重地盯着这3个人,又是摇头又是喷鼻子,还扭动它的大屁股。

亨特说:"它是在吓唬我们。"

"它不可能追上我们,"罗杰说,"它又肥又大又重,我跑得比它快一倍。"

亨特说:"那仅是你的想象。尽管它很重,但跑起来却像马一样快。另外,树丛对你来说是障碍,对它却不是,不管什么树丛它都可以像推土机一样地轧过去,千万别跟河马赛跑!"

河马不再理会它们,一心一意地去吃草了,并沿着它啃出的路前进。

哈尔问父亲:"我们怎样抓住它呢?"

亨特看了看哈尔缠着绷带的手臂说:"要抓住它,我得要你帮忙。今天我看你还得休息。"

"休息,不!我的手没事,一点儿都不疼。我们去追那个大家伙吧!"

看到儿子很坚决,亨特说:"好吧,但不能堵住它的路。"

"我们要不堵住,它就跑了。"

"如果你堵,你就会完蛋。它正在朝河里走。河马最不能容忍的事就是阻止它下河。那会使它发狂的,它会凶得像一头狮子加上一头大象。不要忘了,河马——河中之马。它喜欢水,谁要不让它下水,它就会跟谁拼命。让它回到河里吧。我们坐笼车跟着,再想办法把它拉进笼子里。"

计划完美无缺,但亨特父子忘了一个人,那就是他们的客

6 最大的"锄草机"

人,比格上校。

比格上校已经漫步向河边走去。开始那草不过七八十厘米高,他越走地势越低,脚下的路也越来越潮湿。这儿的象草早已经有三四米高。象草的样子虽然像芦苇或甘蔗,但它的确是一种草。它很粗糙,边缘锋利得像刀子。你要从象草丛中穿过,必然要被划得遍体鳞伤。象草长得很密,人无法穿过,而河马却能。力大无比的河马所过之处,象草丛中就出现了一条路,别的河马也会走这条路。走这条路的河马多了,这条路也就平整畅通了。两旁高高的象草尖低垂下来,搭在通道的上方,下面就成了"隧道"。走"河马隧道"的不仅仅是河马,其他动物也走,人也走。

但如果一头河马正沿着隧道走向河边时,谁要胆敢挡住它的路,可就要倒大霉了。河马是不轻易改变主意的,它一旦决定要下水,就张着大嘴一直朝前冲,即使有一头犀牛或是大象挡在路上,它也会照冲不误。至于像人那么大的玩意,比如说像比格上校,对爱水的河中之马来说根本不屑一顾。

比格上校此时此刻正从河边回来,他走的正是一条河马隧道。早晨的空气是那样新鲜,象草顶棚下是那么凉爽,真美啊!可这时他脑子里想的却是午饭,虽然这时候他肚子里的早餐还没消化完呢!他回想这几天在这儿的惬意的生活,多亏了这些黄毛小子们让他参加他们的狩猎队。

前边传来一阵沙沙声。但他两眼只盯着地面走着,根本没注意到前边的情况。沙沙声越来越大,到他抬起头来时,才发现前面有两只鼓起的眼睛瞪着自己。两只眼睛后面是黑糊糊的巨大身躯,将整个隧道堵得严严实实。这时,人与河马都站住了。河马张开满是短剑般利牙的血盆大口发出一阵令人胆战心惊的怒吼,像山崩一样。

上校手忙脚乱地开了一枪,当然是什么也没打中。对他来说,这个射击目标还不够大。这一枪大大地激怒了河马,它放开四蹄朝前狂奔过来,上校扭头就跑。他并不紧张,他认为自己跑得比那笨拙的家伙快得多,这么个大块头笨蛋决不会赶上他。

可这时他已感到一股热气喷到了他的后脖子上。他扔掉枪想跑得更快些,但仍无法摆脱那一股股热气。那热气像是从喷气发动机中排出来的热气流,一下子把他的帽子吹跑了。这头河马似乎很得意地喷着鼻息,上校感到它那厚嘴唇,也许是那獠牙戳上了肩头。他一跤摔倒在地,这下完了,要是那个活压路机从他身上碾过,会把他整个儿嵌到土里。

可是他的感觉不像是入地,而是上天:有东西钩住了他的猎装上衣,把他从地上抛起,穿过象草顶棚,然后又落在象草中,摔到地面上。比格上校大口喘着粗气,躺在快如剃刀的象草床上,又痛又痒,他听到那台压路机从身旁轰轰隆隆地开了过去,然后是哗啦一声,就开进了河里。

从那令人难受的象草丛中爬进"河马隧道"后,比格上校发现自己的脑袋、双手被象草划破的地方都在流血。他以为自己已经被摔得散了架。他活动了一下身体,发现并没有什么不得劲,就是衣服背后有一个大洞,那是被河马的利牙扎穿的。他跌跌撞撞地朝回走,看到自己扔掉的枪,捡了起来。这时前面传来了一阵脚步声,亨特和哈尔出现在他眼前。他立刻装出一副神气活现的样子。

6 最大的"锄草机"

"出了什么事?"亨特问道,"我们听到了一声枪响。"

"没错。"比格说。他在动脑子,遇到这种狼狈的事情,他从来不会实话实说。按他的本性,他得编出一个天花乱坠的故事来。

"你怎么全身都是血?"哈尔追问。

"河马!在隧道里撞上了。我们拼了个你死我活,不过我赢了。"

"但那些伤口?"

"被牙咬的,我曾经被它咬住过。"

亨特说:"奇怪,牙齿咬不出这种伤痕,看起来像是被象草划破的。"

比格显得义愤填膺:"先生,我希望你不要怀疑我的话。那是一场肉搏战,而且是一边倒的。一个80千克重的人对战一头3吨重的野兽!我终于把枪捅进了它的大嘴里,那一枪差一点把它整个头顶都掀开了。"

"那你把它打死了?尸体呢?"

"嗯!它挣扎到了河里才死,尸体可能被水冲到下游去了。"

亨特含笑说道:"我们一同去瞧瞧。"

比格拦住路说:"我告诉你,这没意思,你们要的是活野兽,不是死的,而这头已经死定了。"

从河里传来了一声河马雷鸣般的吼声。

"这不像是死河马的吼声。"亨特和哈尔从比格身旁挤过,朝河边走去。比格跟在他们后面,嘴里还在不满地嘟哝着。

他们走出"隧道"来到河边,河马就在那儿,半淹半露浸在河水里。比格简直不能相信他竟然没有蒙住这几位"旅游者",

于是他便硬说这是另一头河马——他射杀的那一头,早被激流冲到下游几千米之外了。但亨特父子认得这就是同一头河马,它经过营地的时候他们就认认真真地观察过它。它的头顶根本就没有被打开,而实际上,看不出它身上有哪个地方曾被子弹打破过。

"我们回去把车弄来,"亨特说,"上校,你可以留在这儿看着它,但请注意,千万不能再开枪,你也许会歪打正着的。"

为了把车开到河边,必须由非洲队员用砍刀把"河马隧道"砍宽。他们动用了最大的一辆卡车,上面的笼子有5米多长,是用2厘米×4厘米粗的高强度铁条加固的。

这时那头河马浸得更深,只有头顶还露在水面上。它还能听得到,看得见,能呼吸,因为河马的耳朵、眼睛和鼻孔都长在头顶上,而不是长在头的前部或两侧。如果它想完全潜入水里,那也很简单。在水下它的眼睛还是睁开的,而耳朵和鼻孔有阀门关住。深吸一口气后,它可以在水下待6至10分钟。

亨特说:"人类最好的潜水员在水下只能待两分多钟,它的潜水时间不仅是人类的三倍,而且还能在水底行走,边走还边吃水草。"

"它似乎不太友好。"哈尔说。

"你不能指望一头刚被人用枪打过的野兽对人友善。"

河马怒气冲冲地喷了一下鼻子,接着张开血盆大口,发出一声怒吼,吼声在山中回荡,像一阵滚滚的雷声。比格上校吓得两腿发抖,立刻缩到其他人的后面。

笼子车倒着开到水边,并且安放了一个通向笼子口的斜面台,野兽就从这儿被拉进笼里。一条5厘米粗的弹性很强的尼龙绳,一头拴在笼子前方一辆四轮驱动的卡车上,另一头连着一个

6 最大的"锄草机"

大绳圈,穿过笼子被放到河里。

罗杰好奇地问道:"你们怎么让它把头伸到绳圈里呢?"

"我们得给它帮忙。"他父亲说,"乔罗,弄一条独木舟来。"他指着岸上那些本地人用的船说,"我们把绳圈拿上划过去。"

船弄来了,乔罗和亨特父子都上了船,岸上只留下比格和其他非洲队员,比格上校很婉转地拒绝了让他上船的邀请,他说:"我还是留下把河马拉上岸吧。这些黑人靠不住,当你需要他们的时候,他们总会让你失望。"

这种独木舟是用一根十分坚硬的木头挖出来的,很沉,船舷的上缘离水面只有5厘米高。船里的人必须小心地保持平衡,不然船就会翻。

哈尔用桨敲着厚厚的船体说:"它唯一的好处是,连河马也咬不动。"

"别那么肯定,"亨特说,"在马奇森那个地方,一头发怒的河马咬住了一辆小汽车的尾部,像咬核桃一样把它咬碎了。"

罗杰叫了起来:"它跑了。"河马的眼睛、耳朵和鼻子都已经不见了,水面上只留下一个漩涡。

"它像是朝对岸去了。"亨特说。

"您怎么知道的?"罗杰问。

"从那一串气泡知道的,我们跟上。你们的桨不要发出那么大的声音。"

几分钟后,河马又冒出水面,像鲸一样喷出一股水柱。它似乎不喜欢这条独木舟跟着它,就又沉了下去。这一次再也看不到气泡,它的位置也就找不到了。

7

独木舟、河马和鳄鱼

突然,独木舟升到了空中,危险地摇晃了一阵后,从河马背上滑下来,啪的一声掉回了河里,船里的人都成了落汤鸡。幸运的是独木舟没翻。

"这是河马的拿手好戏。"亨特说,"它很可能还会再来一次。"

哈尔抱怨:"我根本就见不着它的脑袋。"

他手上拿着绳圈,随时准备套在河马的脑袋上。

5分钟、10分钟、15分钟过去了,那只河马竟无影无踪了。

亨特说:"它不可能在水下待那么长时间,肯定是走到下游去了。真奇怪,我本来以为它会再次袭击我们。瞧它刚才那怒气冲冲的样子。"

罗杰指着水面上几片巨大的睡莲叶子说:"那儿怎么了?"那些大叶片都朝上鼓着,下面似乎藏着东西。就在人们注视着那儿的时候,有一片叶子滑开了,露出了河马的鼻子,不知它在那儿舒舒服服地以逸待劳、坐等战机有多长时间了。这时水面上又冒出另外两头河马,它们瞪着眼睛盯着独木舟,其中一头肯定是河马妈妈,它背上还有一头小河马。

亨特说:"它们要结伙对付我们啦。"

"但我觉得河马应该是一种性情温和的动物。"哈尔不同意爸

7 独木舟、河马和鳄鱼

爸的判断。

"一般来说是这样。但当它们被人用枪打了以后,当它们被人挡住无法下水时,当它们被人围捕时,还有当它们的幼崽需要保护的时候,它们绝不会温和。眼下的形势对我们很不利。"

但有一个人似乎喜欢这种形势,哈尔注意到乔罗的眼中闪着邪恶的光。这个非洲人的嘴角挂着一丝恶狠狠的冷笑。当他看到原先在岸上晒太阳的两条鳄鱼懒洋洋地朝独木舟游来时,他似乎更高兴了。

"我担心的就是这个,"亨特说,"鳄鱼与河马经常合作,河马把人撞下水,鳄鱼上来咬人。瞧——睡莲叶子。"

那些大叶子不再朝上鼓起,而是平整地浮在水面上。那头公河马显然已经沉到水底,那串气泡显示出它前进的方向,正直冲独木舟而来。"快,划桨!"亨特大声喊道,"快划开!"

3只桨插入水中把独木舟朝前划。乔罗也在划水,却是朝相反的方向。他使劲地向后划,使独木舟刚好停在河马前进的方向上。

"乔罗!"哈尔喊道。但他还没来得及再说什么,就听到哗啦一声,独木舟旁的一股水柱冲天而起,那头公河马一下冲了出来,半个身子都露出了水面,两只前脚朝独木舟踏来,就在独木舟倾覆之前,上面的人落水之际,哈尔看准时机,一下就把绳圈套上了河马的脑袋。

4个人力图把独木舟翻过来,不,只有3个人,哈尔发现乔罗正朝岸上游去。他弄不明白,非洲狩猎队队员绝不是胆小鬼,但很明显,乔罗在危险中弃他们而去。

现在已经来不及想这些了，那头母河马把背上的幼崽河马抖落在岸上，也加入了河中的两队河马。只听到河马愤怒的哼哼声，还有那巨牙相碰的咔嗒声。两条鳄鱼一改懒洋洋的神态，向落水者猛扑过来。

是那头公河马结束了他们要把独木舟翻过来的努力。它张开大口，一口又长又大的牙齿在阳光的照耀下闪着白光。它一口咬住独木舟并把它举出水面。它晃着那条独木舟就像猫在摆弄一只老鼠。这样一条用铁匠木做成的船，你要想在它身上钉个钉子都很困难，而河马的嘴巴一使劲，整条船就碎了，碎片纷纷掉到水里。那简直不像是一条硬木做的船，倒像是纸糊的。

罗杰奋力朝岸上游去，哈尔紧随其后，他拼命地打水吓唬鳄鱼。罗杰朝后望去，"爸爸呢？"

他们的父亲漂在水面上，脸沉在水里。他们又游回来，然后一人一边拖着亨特朝岸上游。马里和图图帮助他们把已经不省人事的亨特拽上岸，让他躺在沙滩上。一会儿，亨特睁开眼，他看到哈尔在用手摸他的胸部，看看是否有肋骨被打断。

"出了什么事，爸！"

"船头砸在了我的背上，把我打昏了。"

"你现在还好吗？"

亨特试着挪动一下身子，但他疼得脸都歪了，"背上有点儿不对劲儿。"

"我们立刻把你送回营地。"

"别那么快，"亨特说，"首先，我要看着那家伙好好地被拉进笼子里。马里，把前边那辆车开起来。"

7 独木舟、河马和鳄鱼

马里朝车跑去。他钻进驾驶室,发动引擎,松开车闸,车慢慢地朝前移动,连着套住河马脑袋的尼龙绳渐渐地绷紧了。

要把3吨重的河马拉走,简直是一场艰难的"拔河"。马里把挡位扳到四轮驱动的位置。

亨特叫了起来:"要慢,别激怒它,要引导它。"

河马不知道该怎么办。它的敌人都跑了,它的怒气也就消了。脖子上有东西,不过这并不比一根水草难对付。它发觉自己被慢慢地拖向对岸,于是便不时地挣扎一下。当它挣扎的时候,马里就松开绳子;待它停止挣扎时,再继续拉。最后,这头年轻的河马发现自己摇摇摆摆地上了岸。

现在,它前边就是通向汽车上大兽笼的斜坡。这足以让任何野兽感到不安,它开始使劲摇晃脑袋,大声吼叫。

"给它一枪!"亨特说。

哈尔知道爸爸指的是什么。哈尔从驾驶员座位下拿出麻醉枪,但里面装的不是子弹,而是一粒胶囊,胶囊里装的是箭毒。这种箭毒用量大了也会要命,但小剂量的一针,可以使动物安静下来,让它想睡觉。这样,人们就好对付它了。

哈尔将枪口顶住河马的腿,扣动扳机。河马受惊地哼了一声,拉紧了绳子,在岸上跑动了几步。既然没有人再惹它,它很快就安静下来。人们耐心地等着药起作用。10分钟后,它的大脑袋开始朝下垂,好像这脑袋太重,河马感到不胜重负似的。

"马里,拉!"亨特喊道。

马里发动了汽车,绳子拉紧了。河马迷迷糊糊地随着拉力慢慢地上了斜坡,进了兽笼。兽笼的门悄悄地关上了。

7 独木舟、河马和鳄鱼

亨特挣扎着想站起来,但又跌坐在地上,疼得他哼了一声。哈尔和罗杰以及其他非洲队员七手八脚地把他抬上前边一辆卡车。两辆车沿着"河马隧道"慢慢地向前行驶,一是不想震动车上的伤员,二是不想去打扰笼子里的河马。回到营地,人们把亨特安置在吊床上,哈尔心急如焚,弯着腰为父亲检查伤势。

亨特说:"我的背,可能是椎间盘突出,也可能是神经受伤或其他什么原因——搞得我左边半个身子都是麻木的。"

"我去请个医生。"哈尔说。

亨特苦笑了一下:"你说得好轻巧,好像一出门就可以请到一位似的。我不需要医生。我知道医生会怎么说,他会叫我休息,也许还要给我按摩。这事马里也能干,他按摩是把好手。真对不起,拖累你们。即使知道病因,这些病也得一两个星期才能痊愈。这段时间里你们得靠自己了。"

"这您别担心,爸。你只要把订单给我,我就知道要捕什么动物——我们就去捕回来。"

"我知道你能做到这一点。我担心的不是这个,而是另外一件事。"亨特说完闭上了眼睛。哈尔等了一会儿,最后终于忍不住问:"什么事?"

"我真不愿意让你们担惊受怕,但这件事你们又必须知道。昨晚企图将我们领到歧路上的豹人——我想我已经知道是谁了。"

"是村子里的某个人吗?"

"不,是我们队里的人。"

哈尔大吃一惊,他不相信父亲的猜测说:"呃,爸,这不可能。我们队里没人会那么干。另外,昨天晚上每个人的活动我们都清楚，他们都是可靠的人。"

"有一个人例外，"亨特说，"乔罗昨晚干了些什么你知道吗？"

"呃，他怎么了？你叫他跟着我们，他听错了，留在了营地。"

"厨子跟我说乔罗根本不在营地。今天早上，天还很黑，我看见他从树林中溜出来偷偷地钻进了他的帐篷。后来我又问了他，他显得很不安，他的话听起来不像是真的。他好像有什么难言之隐，我要他告诉我，但他不说。我非常怀疑他就是那个豹人。"

"我不信。"哈尔说，"乔罗是个好人，又是个出色的踪迹辨认专家。"

"这我相信。但你注意到没有，刚才在河面上我们要避开河马的时候，有些奇怪的事。我们朝前划，而乔罗呢？"

"的确有点奇怪。"哈尔承认，"他好像在朝后划，也许他认为我们朝后移动会更容易避开。"

"也许吧，"亨特说，"但恐怕他是想让独木舟停在河马能攻击到的地方。说得更明白点儿，他是想让我们落水淹死，或被河马和鳄鱼咬死。"

"但那样他同样也有危险啊！"

"你没看到他很快就脱险了吗？我们在河里想把船翻过来时，他帮忙了吗？"

哈尔回想当时的情景说："我想起来了，他没帮忙，而是拼命向岸边游去。"

"对的。当我们也上了岸以后，他显得既生气又失望。他的阴谋落空了。但记住我的话，他不会善罢甘休的。"

7 独木舟、河马和鳄鱼

"但他到底为什么要杀掉我们呢?"

"我认为他不想杀掉我们,但他在制造机会。"

哈尔糊涂了:"爸,您是疼糊涂了吧。您的话自相矛盾。您说他不想又说他在制造机会。这话是不是有所指呢?"

"我指的是非洲人的观念,指的是豹团的观念。这儿不是伦敦,这儿是非洲,这里至今还很落后。相信我的话。过去几年里,许多非洲国家独立了,它们有了议会,有了总统,有了驻联合国代表团。它们取得了很大进步,我们也希望它们能更加繁荣。但我们被局部的繁荣蒙住眼睛。在城市以外的地方,在森林里,仍然和100年前一样野蛮。非洲丛林里还有成千上万的吃人的野人,他们把一切都归罪于白种人。90%以上的非洲人没受过教育。你听说过'茅茅'吧,那是一个秘密组织,它的成员都发誓要杀掉白人。1952年该组织陷入低潮,但1958年又活跃过一阵子。现在比以往任何时候都隐蔽。只要东非还有该组织认为应该属于它的土地被白人占领着,它就会继续干下去。该组织已经杀了20000多人。大多数凶手并不想杀人,但组织要他们杀。"

"一个人不愿干一件事,别人怎么能让他自愿去干呢?"

"那很简单。他们抓住一个黑人,威胁他,除非他发誓要杀掉白人,否则将不得好死。如果他不答应,他们就折磨他,直到他屈服并发誓。为了让他记住自己的誓言,他必须得吃人脑、人血、羊眼和脏东西混在一起的东西。"

"豹团也是这样吗?"

"差不多,但它的历史比'茅茅'长得多。这样一个豹团会把一个好人变成刽子手。豹团强迫他发誓杀人，并给他一套豹皮，说他可以变成一只豹子而且必须保护所有的豹子。豹团的头头大多是巫医。非洲人对巫医怕得要命，巫医要他们干什么他们就会干什么。如果一个新成员不愿起誓去杀人，那他自己、他的妻子和孩子都会被杀掉。所以，这些可怜的人还有什么选择呢？他们不能自拔。"

"你认为乔罗也发了誓要杀我们？"

"看起来的确是这样。"

"那我们就赶他走，马上。我来办。"

"不用那么急，哈尔。正如你说的，他是个好人，是个优秀的辨踪人，我们需要他。更重要的是，他需要我们，他需要有人帮助才能跳出火坑。我知道，留下一个时刻想杀掉我们的人在身边很危险。但和我们以前经历的危险相比这算不了什么。既然我们已经知道要提防什么，我相信我们能照顾好自己的。把这件事告诉罗杰，你们俩都要当心。"

"但您想达到什么目的呢？"

"目前还不知道。"亨特承认，"走一步看一步吧。在此期间对乔罗一切照常，别让他疑心我们已经知道了。"

哈尔摇着头走出了帐篷。他尊重父亲挽救乔罗的愿望。但挽救一个想要暗杀你的人不是太危险了吗？

8 上校"跳舞"

哈尔在历数这些天碰到的麻烦。其他时候他通常都是在数自己走的好运,而现在他数的是麻烦:第一是爸爸受伤;第二是抓野兽的责任因此而落到自己的肩上;第三是豹人的事;第四是比格上校。

哈尔从父亲的帐篷走出来看到的第一个人正是比格上校,他正在摆姿势让人照相。他要正在剥那只死豹子皮的人停下走开,自己站到那只躺在草地上的死豹子身旁,一只手扶着枪,一只脚踏在豹头上。马里手里则拿着一架小型照相机。

"你来得正是时候,"上校一见到哈尔就说,"把相机拿过来,马里不是个好摄影师。什么都调好了,只要把我套进取景框里,就按快门。"

"什么意思?"哈尔不太明白。

"就照张相,作为一个白人狩猎向导,我得有几张照片,让人看看我能猎杀豹子,还有其他东西。"

"但这并不是你打死的豹子。"

"那又怎么样,我本也可能杀了它。"

"呵,我明白了,你嫉妒。你打死了这只豹子,你就认为自己了不起了。哈,我打死过数百头,成千上万只豹子。但不巧,我都没带着相机。现在我有了相机,而且这儿又有一只豹子,不管这只豹子是不是我打死的,又有什么关系呢?这样吧,你给我照一张,我也给你照一张,这样我们就平分这份荣誉,一半对一半,够公平了吧,是不是?"

哈尔哈哈大笑:"谢谢,上校。我既不想要荣誉,也不想照相。站好了!"他按下快门,然后把相机还给比格上校。

哈尔走开了,暗自发笑,他还没碰到过一个像比格这样的人。如果比格只是想照张相片,那对营地不会造成任何危害。但在一支狩猎队里,一个蠢材就是一个危险人物。得盯着点这个假狩猎向导,他会弄得自己以及其他人陷入严重的麻烦之中。

哈尔听到一声尖叫,立刻转过身来。比格上校已经遇到麻烦了。他又蹦又跳,大喊大叫地撕扯自己的上衣、裤子、衬衫,拍打身子,还一个劲地跺脚。

哈尔猜得出来发生了什么事。在亚马孙探险时,他就看到过行军蚁如何攻击其他生物。这些蚂蚁是被豹子的尸体吸引来的,当比格一只脚踏着豹头的时候,蚂蚁即蜂拥而上,现在他全身都有蚂蚁在咬。

哈尔见状扭头朝帐篷跑去,但又跑得不是很快,免得上校以为有救了。

"快一点,我就要被蚂蚁活活地吃掉了!你希望它们要了我的命吗?"但看到哈尔并不理他,不禁大吃一惊。哈尔这时想到的不仅是一个手舞足蹈的上校。

行军蚁是热带丛林中最可怕的东西之一。它们像一支扫荡大军,能吃掉路过的一切,即使裹在毯子里也躲不过它们的袭击。它们啃掉一头大象的皮就像剥下它的皮那么快。

8 上校"跳舞"

"烧火!"哈尔朝非洲队员大喊,"在营地周围烧上一圈火。"

营地里已有的蚂蚁就够人受的了,而它们后面还有一长队,也许有几千米长的蚂蚁大军,正浩浩荡荡地朝营地开来。

上校得自己救自己了。哈尔冲进爸爸的帐篷,如果这些蚂蚁袭击一个寸步难行的病人,他就只有死路一条了。

"蚂蚁!"哈尔喊道。

他爸爸只需听这一个词就明白整个形势了。

"这儿一只也没有,哈尔,河马!快!"

哈尔再次跑出帐篷奔向兽笼车,他宁愿打开笼门让河马逃跑也不愿让那些贪婪的蚂蚁把它吃掉。河马怕得全身发抖,就连这个庞然大物也知道这种小而小的东西所具有的危险。但现在蚂蚁还没爬到这儿,哈尔钻进驾驶室,发动引擎,将车开到离营地好几百码的地方停下。

紧接着他想到了那两只小豹子和那条母狗。他边跑边拍打窜到身上的蚂蚁。哈尔跑到营地看到乔罗正用自己的衬衣抽打着狗妈妈和豹崽周围的地面,他在驱赶蚂蚁,保护这些小生命。

他有这样一副软心肠,在这种时候去保护两只豹崽和一条狗。他身上已经爬了蚂蚁在咬他,但他顾不上,他得保护那些动物,让它们免遭危险。

谁能去恨这样一个好心肠的杀手呢?哈尔终于明白了,父亲是对的。即使危险也得把乔罗留下,不管怎样也得把他从豹团险恶的控制中解救出来。

人们在营地周围烧的一圈火挡住了更多的蚂蚁闯进营地。那些已经进来的则全部被消灭了。那支浩浩荡荡的蚁军改变了进军路线，绕过营地进入了丛林，哈尔去看了装河马的笼车，看到蚂蚁大军没经过那地方他才放了心。

这时哈尔终于想到了又喊又叫的上校，比格上校已经扯掉自己身上的每一件衣服，他只要感到哪儿被咬了就伸手去抓。这种大蚂蚁有两厘米长，一旦它的大钳子咬到肉，绝不松口，即使整个身子断掉，与头连着的大钳子还会死死地咬着，哈尔自己手臂上的伤就是用这种蚂蚁钳子缝合的，手臂上的疼痛使他不禁有点——仅有点而已——同情那疼得直蹦的上校。他抽出匕首，用刀背把比格身上的蚂蚁全部刮掉。

比格可不感激，他嘟嘟哝哝地说："那么久你才来。"他的嗓子因喊叫太久而沙哑了。他披上衣服之后还在发抖。哈尔转身问厨子："有咖啡吗？"

"多的是。"厨子笑嘻嘻地说。他没挨蚂蚁咬，因为蚂蚁不敢靠近火，所以他一直在做自己的事。他灌了满满一水壶热腾腾的浓咖啡递给哈尔，哈尔往比格的嘴里倒了一些。他把水壶背在肩头，以便随时给其他人进行这种治疗。

比格感觉好多了，他又慢慢恢复了他那伟大的狩猎向导的原貌。他开始察看营地，就像一位将军在视察自己的部队。

"本来就不该出这种事，"他说，"如果是我在指导这个狩猎队的话，这些麻烦本来可以轻而易举地避免的！"

"如何避免？"

"用灭蚁药，你们肯定有。"

"我知道，在那辆供应车上有几盆，它可以用来对付一般蚂蚁，但我认为它阻挡不了行军蚁。"

8 上校"跳舞"

"你认为不行？那就是你错了，年轻人。你知道，这个营地仍处于危险之中，那些蚂蚁刚从我们身边绕过，但它们那个可恶的小脑袋可能会改变主意，而又直接朝营地开来，但你用不着担心，让我对付它们。"

他跑到供应车上东翻西找，终于拿着一盒灭蚁药出来了。他跨过树枝和草组成的火堆，双脚小心地避开蚁群，朝急急忙忙往前赶的蚂蚁大军撒药粉。蚂蚁大军源源不断地开来，大约有30厘米宽，密密麻麻，一只挨着一只。那飘飘扬扬的灭蚁药粉对蚁军来说就像是一场暴风雪似的压下来，而它们似乎并不在乎。

比格沿着与蚂蚁前进相反的方向边撒药边走，一直走到树林里，他看不到蚂蚁了，因为蚂蚁被浓密的灌木丛遮住了。

这一下，比格对自己的措施感到相当满意。而蚂蚁却继续它们浩浩荡荡的进军约有一个小时之久。等最后的一只都过去了，哈尔他们才让那保护营地的火慢慢熄灭。

比格上校恢复了他那傲慢的态度。他笑眯眯地对哈尔说，"怎么样，小家伙，我想到了灭蚁药，是个好主意吧？你看到了，多有作用，下一次你就知道该怎么办了。"

哈尔想说，你那些药根本一点作用也没有。但说那些有什么用，跟这种人有什么可争辩的。所以哈尔什么也没说，只是笑笑而已。

9

中毒的狒狒

森林中传来一阵咿咿呀呀的吵闹声——有的叫有的吠,既像婴儿的啼哭,又像妇女因痛苦而尖声喊叫。哈尔停下脚步倾听,这些喊叫声十分像人,但他知道这是林中的一大群狒狒。是什么打扰了它们?他掏出爸爸给他的订货单。啊,狒狒——一个巡回演出的马戏团要两只。

也许,到林子里看一看这一群狒狒,哈尔就会想出好办法来抓两只。另外,他也感到奇怪,是什么东西会使它们不安呢?

他沿着比格上校撒放的灭蚁药慢慢走到树林的边上。他来到树下的时候,发现到处都是怒气冲冲的狒狒。他想到应该带支枪或带个健壮的伙伴,这些野兽现在的情绪非常坏。

狒狒也叫狗头猴,因为它的头长得像狗的脑袋。现在这些狗头猴到处都是,地上有,树上也有,它们怒气冲冲地瞧着他,他迅速估计了一下,大概有300多只。

作为一个博物学家,他非常了解狒狒。他清楚地意识到自己遇上了真正的危险。他所读过的有关动物行为的科学报告都指出,他在内罗毕接触过的所有猎手都说,狒狒是喜怒无常的一种动物。它一会儿温驯得像只绵羊,可一旦它激动起来,就比什么动物都凶猛。狒狒中的大个子体重可达70千克,一只狒狒就能与一个人较量,两只狒狒可以把一头豹子撕成碎片。

9 中毒的狒狒

因为狒狒很聪明,所以它们更可怕。它们的反应很像人,你扔石头打它,它会扔回一块打你,而且更有准头儿。它还会捡起木棒当武器。它知道普通的来复枪能射多远,因而总待在你的射程之外。它还喜欢逗弄带枪的人,有时会低下头从它的胯下来看你,还朝人做怪相。

它的眼力之尖仅次于鸟类,科学家们相信,狒狒的视力相当于 8 倍的望远镜。

它们袭击农民的庄稼时,会有一个哨兵待在树顶上,一有危险就发信号。它能分清男人和女人,也分得清带枪的人和不带枪的人。当它看到带枪的人时,便发出尖厉的叫声;如果来的是不带枪的人,它的叫声就平和得多;而如果它看到的是一个不带枪的妇女,就一声不吭。

一个动物保护区的守备队员曾经告诉过哈尔,狒狒们甚至认得自己的汽车,总是不让他靠近。如果他想接近它们,必须得另开一辆车。它们还认得守备队员的制服。当一个农民的庄稼受到野兽的糟蹋时,便会去请守备队员。他们来打死几头,就可以吓跑其他的。如果这些偷袭庄稼的野兽是犀牛、野牛、河马、野猪、疣猪,这办法挺管用,甚至对付大象,这办法也有效,但用来对付狒狒就不行。它们一见到守备队员那身制服,就像变戏法似的消失得无影无踪,哪还会等你开枪。而一旦守备队员离开,它们便立刻回到庄稼地里。

为了能靠近一点以便打中它们,守备队员必须脱下制服,换上普通村民的衣服,而且当他们朝狒狒走去的时候还得把枪藏在身后。即使如此,还有可能让树上的狒狒哨兵发现,一旦它看到枪，就会立刻发出警报，顷刻之间，所有的狒狒都跑得无影无踪。

狒狒的聪明还表现在它对食物的选择上：只要有益的都吃。它不像狮子不吃草；不像大象不吃肉；不像鳄鱼不吃菜；不像豹子不吃灌木；不像长颈鹿只吃树上的叶子。狒狒跟人似的，非常了解各种食物的益处。它喜欢水果、浆果、植物的嫩芽、蔬菜、昆虫、蛆、蜗牛、小鸟；它要是饿极了，也会捕食猪、羊、鸡、狗等。它还有一项优势是人所没有的。人一旦吃饱就没法再吃了，而狒狒吃饱之后，还可以再吃，因为它有两个颊囊，能将多余的食物藏在颊囊里，直到肚子又可以接纳食物时，它才从这个贮藏袋中取出食物，咀嚼，咽下。

大多数动物都怕蝎子，因为它尾巴尖儿上有一根毒刺。而聪明的狒狒却不怕，它抓住蝎子后会把毒刺拔掉，然后再享用这美味。

你不骚扰狒狒，狒狒也不骚扰你。这本是一条不坏的原则，但情况并非总是如此。如果狒狒已经吃了人的苦头，你碰巧又遇上了这只狒狒，那它的全部怒气就会朝你发泄。

哈尔现在就面对着这样一群怒气冲冲的狒狒。哈尔从未惹过它们。别的人呢，有没有营地里的人进过树林惹恼了它们？哈尔想不出任何人做过什么事激怒了狒狒。直到他看到地上那些浅绿色的粉末——灭蚁药！才想起那位莽撞的比格上校进过树林还在那里撒了灭蚁药。

但那也不会激怒狒狒呀，它们那么聪明，不会去吃那毒药。

传来了一声悲恸的呜咽，就像女人在哭。那是一只母狒狒，

9 中毒的狒狒

它怀中抱着一头小狒狒,小狒狒的嘴上有一些浅绿色的泡沫。哈尔一下子明白了,就是这只小狒狒,它还不像爹妈那样明白世上种种诡计,误吃了灭蚁药。它现在的样子真够难受的,拼命地扭动身子,又喊又叫,看来活不了多久。

就这样一支狒狒的大军,它们找不着比格上校,但面前就有一个人,咬死他!一时间,300多只狒狒龇牙咧嘴,愤怒地蹦上蹦下,有的高声尖叫,有的像狗似的狂吠。

哈尔知道,稍有不慎,它们就会像决了堤的洪水似的冲上来。比如,如果他弯腰捡一块石头扔向它们,那他的命就到此为止了。他一动不动地站在原地,心里在估量眼前的形势。他不能逃跑,狒狒能追得上他。也许可以慢慢地后退。他试着朝后退了一步,又一步,不行,没有退路,他四周全是狒狒。这些家伙开始收缩它们的包围圈,它们的叫声调门越来越高,一个一个朝前跳,然后又朝后跳,但每一次朝前跳都更接近一点它们的攻击对象。

哈尔已经打消了逃跑的念头,得想想其他办法。狒狒不是通人性吗?得利用它们的聪明。他不再跑,相反,他朝前迈了一步,这一下就把狒狒们镇住了。一下子嘶叫声全停了,还朝后退了那么一点。

哈尔开始对它们说话,想到什么说什么。既然狒狒也不懂他说的是什么,那内容就无关紧要了,关键是他的声音,它们能理解语调中包含的东西。哈尔用一种平静安详而和善的声音,而且这声音中一点都听不出惧怕的心情。

他一边说话,一边取下身上背着的水壶,并伸长手臂,轻轻地摇着水壶,可以听得到壶内有水摇晃的哗哗声。接着他把水壶举到嘴边,做出喝水的样子。然后他再次把水壶朝中毒的小狒狒方向递去,在这整个过程中,他都一直不断地轻柔地说着话。他又向前跨了一步。这一下狒狒妈妈立刻放声尖叫,并朝后退。而它身后的其他狒狒都不退,挡住了它的路。3只神情严肃的老狒狒开始以一种低沉的声音对它轻轻咕哝,像是要说服它:"也许这家伙还不那么坏,他也许能救你的孩子。"

但狒狒妈妈很固执,不容易被说服,它仍然紧紧地抱住孩子企图逃跑。哈尔慢慢地又向前迈了两步,狒狒妈妈又拼命尖叫,这一下连它怀中的小狒狒也一起叫,惹得其他一些狒狒也喊叫起来。看着那些尖尖的利牙,哈尔心里直发毛。但他就是一动不动地站在原地直到所有的喊叫都平息下来。他又开始温柔地说起话来,并再次把水壶递了过去。

这一次是小狒狒自己接受了哈尔的好意。它先是睁着圆圆的大眼睛看着哈尔,随后就朝水壶伸出手。哈尔站在原地不动,小狒狒想使劲挣脱妈妈紧紧搂住它的双臂。所有的孩子都好奇,一看到新鲜东西就想玩。小狒狒开始哭喊,狒狒妈妈终于忍不住发了火,它把小狒狒按住,朝它的小红屁股狠狠地打了几巴掌。狒狒妈妈想抱着小狒狒逃跑,但所有的狒狒把它围住了。

哈尔离这母子俩只1米远,他跪下一条腿,母子俩不那么害怕他了。

哈尔慢慢、慢慢地朝前挪动,他的心怦怦乱跳。他知道,这是一次危险的尝试。他壶中的浓浓的黑咖啡也许可以缓解灭蚁药的药性,但也有可能立刻要了小狒狒的命。如果那样,他这个医生会立刻被几百副利牙撕成碎片。

9 中毒的狒狒

狒狒们疑虑重重地观望着。谁说得准,他那玩意儿中的水不是另一种毒药呢。但终究,哈尔的举止和声音慢慢平息了它们的恐惧。

所有的野兽都佩服勇气,如果哈尔逃跑,狒狒将会一拥而上;而他从容缓慢地向前反而把它们弄糊涂了,几乎接受了他。

哈尔尽量往前探出身子,将壶伸到小狒狒面前。小狒狒抓住了水壶,但哈尔并不松手,他又朝前探探身子,四周立刻发出一阵警告的叫嚷声。他揭开壶盖,慢慢、慢慢地举起水壶,慢慢、慢慢地把壶朝一侧倾斜,壶嘴滴出了一滴咖啡,小狒狒立刻张开嘴接住朝下滴的液体。哈尔小心地将咖啡倒入小狒狒的口中,它呛了一下,喷出咖啡,但还要喝,直到壶中的咖啡全部倒出为止。

这剂药会要了小狒狒的命还是会治好它的病?小狒狒闭上眼,而后开始喊叫并扭动身子。狒狒妈妈的喊叫令人害怕,周围的狒狒也开始咆哮。哈尔朝四周瞟了一眼,只见周围一排一排尖利的大黄牙。

哈尔放下水壶。小狒狒突然从妈妈怀里挣扎出来,趴在地上,气喘吁吁,身体痛苦地扭动着。哈尔悬着一颗心。是紧张地注视着小狒狒的每一个动作,只要小狒狒一死,他就是死路一条。

小狒狒抽搐起来,开始抽得很厉害,而后慢慢减轻,最后竟然一动不动了。

哈尔朝小狒狒身体下伸出手挤了挤小狒狒的肚皮,硬邦邦的。再一按,小狒狒嘴里涌出一股黄水。哈尔一下一下揉着小狒狒的肚皮直到小狒狒不再吐黄水为止。好,现在就等着瞧吧,哈

9 中毒的狒狒

尔一条腿跪在地上,他已经使尽所有的本事。天并不热,可他全身大汗淋漓,他没意识到自己有多紧张。

周围狒狒狗一样的叫声现在变成了一片咆哮,狒狒妈妈抱起一动不动的小狒狒发出悲恸的哭声。就在这时,小狒狒僵直的身体动了一下,接着那双圆圆的大眼睛也睁开了。

狒狒们的咆哮声浪一下子平息了,取而代之的是一片毫无敌意的唧唧喳喳声。它们纷纷跑回了树林。

哈尔松了一口气,捡起水壶,拧好壶盖,又等了10分钟,一直到小狒狒开始活蹦乱跳。这时候,除了哈尔,附近就剩下这狒狒母子俩。

哈尔慢慢站起身,一直盯着哈尔的狒狒妈妈眼中充满了感激之情。任何医生看到这种眼神都会感到满足了。小狒狒唧唧喳喳地伸出手要抓水壶。哈尔转过身迈开步朝营地走去,小狒狒立刻大声大叫,挣脱妈妈的手,追着哈尔身边一晃一晃的水壶。狒狒妈妈怎么叫小狒狒也不转头,狒狒妈妈只好跟在孩子后面。就这样,哈尔凭着对动物的爱和一水壶咖啡就抓了两只狒狒。

10

猿中之星

狒狒妈妈看到陌生人时立刻停住脚步。哈尔牵着它的手,另一只手牵着小狒狒,就像他们老在一块散步似的,从从容容地走进营地。人们惊奇地看着他们,一句话也说不出来。哈尔对于自己创造的这个场面很有点得意。人们该祝贺他,抓到那么宝贵的两个标本。

罗杰说话了:"好一个幸福家庭!"他掀开爸爸帐篷的门喊道:"爸,你真该来看看这3只狒狒,狒狒爸爸,狒狒妈妈,狒狒儿子。"

哈尔对弟弟的玩笑报以满意的笑容。他领着两位新朋友进了帐篷。

亨特用胳膊肘支起身体仔细地看了看猿家族中的这两名成员。

"太高级了!还有一只呢?罗杰不是说有3只吗?"

"另外一只就是我。"

亨特哈哈大笑,"罗杰,你哥哥要是狒狒的话,你不也是吗?我也成了狒狒啦?"

哈尔说:"说老实话,我倒不在乎被叫作狒狒,它们相当聪明。"哈尔给爸爸讲了刚才他如何对付300多只狒狒的传奇故事。

"你干得不错,"亨特说,"它们表现得也不错。它们显示出

10 猿中之星

少有的灵性,懂得你想救这只小狒狒,其他动物很少有这么聪明的。狒狒坏起来坏到极点,可一旦它们知道你不会伤害它们的时候,它们也非常友善。我老在想,当狒狒看到人的时候,它脑袋里会有什么想法。人比其他动物更像它的同类,所以它可能会想:这不过是另一只狒狒而已,只不过个儿大一点,蠢一点,因为我们不会说它们的语言,看不了那么远,耳朵不如它的灵,闻气味也没它行,我们也跑不了那么快,不会像它那样爬高。但它们知道有些事我们却很能干。比如,它们知道我们可以从一根棍子前端放出一团火来,这火打中谁谁就得完蛋;当然它们现在还知道我们有办法救活一只小狒狒。"

"我做梦也没想到,"哈尔说,"狒狒妈妈竟让我把它带进营地。"

"这一点也不奇怪,狒狒们经常在营地周围转悠,甚至还窜入营地抢食物。它们会爬上汽车,将手伸进车内要东西吃。有时它们真够令人讨厌的。它们很容易被激怒,但也容易变得很温柔。如果遇上其他凶猛的野兽,它们会跑到附近的村子以求得保护。不久前在罗得西亚就有人碰到这样的事,他们听到了狮子的吼声,也听到了狒狒的尖叫声,不一会儿一大群狒狒就冲出树丛,跑到工人们干活的铁路旁,尽可能靠近人,直到狮子真的离开了那片树林,它们才返回。"

"狒狒容易驯养吗?"

"所有的猿都容易驯养。当然,有的学东西快一点,有的学得慢一点;有的聪明,有的愚蠢,还不是跟人一样,有聪明人也有蠢人。但比起其他动物来,可以训练它们做更多的事,因为它们不但有脑子，还有手。我在想人类是否真正懂得手的作用。手是了不起的工具，没有手，人类的大部分成就都是不可能的。狒狒的手很灵巧，我给你们证明一下：那儿有一条绳子，你系住大狒狒的脖子，另一头拴到吊床上。"

哈尔照父亲说的办了。狒狒妈妈看来有点惊奇，似乎也不太高兴。它使劲拉着绳子，想把它拽断，但没成功。它坐到地上，用手摸着脖子上的绳圈，摸到了绳结，它想把结解开。这结打得很紧，但不到一分钟它就解开了。

亨特微笑着说："有哪种动物能像这样？"

大概是这次被拴住的经验使它有点担心，狒狒妈妈拉起小狒狒的手似乎想跑。哈尔立刻拉住了小狒狒的另一只手。

"恐怕得把它们送进笼子，不然它们会跑掉的。"

"我想不会，"亨特说，"你放开小狒狒，看看它们会怎么样。"

两只狒狒立刻朝帐篷门蹦去，但当它们发现并没人追上来时，便停下了，瞪着一双懂事的大眼睛望着哈尔。

亨特笑了，"你是它们最好的朋友，它们知道不需要笼子。现在你就是想甩掉它们也不可能了。你要是想与它们最后定下交情，那儿，角落里那只篮子里还有一些香蕉。"

哈尔给两位"客人"一人一只香蕉。小狒狒拿着香蕉不知该怎么办，它试着吸了一下，没用。看看妈妈，妈妈正熟练地剥香蕉皮，它也学着剥起来。虽然不熟练，弄得乱七八糟，但终究学会了吃香蕉剥皮。两位客人坐在地上，心满意足地吃着香甜的香蕉，眼睛一刻也不离开哈尔。就从这一刻起，它们就把自己当成了亨特狩猎队的成员。它们的特殊使命就是等着哈尔归来。

哈尔给小狒狒起了个名字，叫巴贝，大狒狒就叫巴贝妈妈。巴贝老坐在哈尔的肩上，而巴贝妈妈则到处偷东西送给哈尔，以表示它的爱。哈尔则不断地寻找失主归还巴贝妈妈偷来的东西。

麻烦的是两只狒狒都要跟哈尔睡一张吊床。这种吊床很窄，睡一个人再加上两只狒狒就太挤了。不过哈尔还是接受了，克服了由此而带来的不便。他唯一感到遗憾的是，总有一天他不得不与两个忠实的朋友分手。它们要被运送到美洲马戏团去。

巴贝妈妈发现了罗杰的两头小豹子，吓得要命。豹子是狒狒的克星，最爱吃的就是猴子肉。巴贝妈妈知道这一点，但小巴贝不知道，两头小豹子也不知道，因为它们还没吃过猴子肉，什么肉都没吃过。

巴贝发现两头小豹子的时候，小豹子正在地上翻滚，玩得很高兴。巴贝也想跟它们一块玩，不顾妈妈尖声的警告，摇摇晃晃地朝小豹子走去。它使劲一跳，正好落在小豹子的身上，3个家伙都跌倒在草地上。巴贝妈妈吓得尖声大叫，它跑向哈尔，两眼满是哀求之情，很显然它是想求哈尔救救它的孩子。哈尔轻轻地拍着它的脑袋说："别怕，别怕！"

小狒狒和小豹子翻身坐在草地上，你望着我，我望着你，似乎在等着有人给它们介绍一下。

哈尔问道："罗杰，你的豹子叫什么名字？"

"嗯，本地话里豹子的发音是'追'，这两个小家伙一公一母，干脆，一个叫'楚楚'，一个叫'翠翠'吧。"

巴贝伸出手，好像要跟翠翠握手，但实际上它是对小豹子身上黄黑色的毛感兴趣。翠翠一爪子打在巴贝的手上,紧跟着与楚楚一道扑向小巴贝,3个小家伙又在草地上翻滚起来。

这是猴子和猫都会玩也爱玩的游戏。巴贝妈妈两眼瞪得大大的,虽然还是担心,但已经不再喊叫了。

"瞧见了吗?"哈尔说,"没问题。"

巴贝从小豹子的拥抱中挣脱出来,一下子跳上楚楚的背,就像骑士驾驭赛马,满营地地飞跑,楚楚也高兴得发狂,跑得飞快,不过最后它还是把巴贝掀落在一桶水里。巴贝从水中爬出来后,又与小豹子们翻滚到一起,小豹子的毛倒成了它的浴巾了。

3个小伙伴最喜欢做的事就是作弄比格上校。有时,早上醒来,楚楚扑到他的床上,吓得他没命地喊叫;有时他伸手到箱子里拿东西,手却被翠翠咬住,他杀猪似的大喊"救命";巴贝见到过比格上校挤牙膏刷牙,所以当比格上校坐在椅子里打瞌睡时,它就拿来一管东西,把里面的膏体统统挤进比格上校的嘴。不幸的是,巴贝看不懂管上的说明,上校醒过来的时候,常常发现嘴里落了凡士林或剃须膏,而不是牙膏。

有一天半夜,比格被帐篷里一阵窸窸窣窣的声音吵醒,同时闻到一股豹子身上发出的臭味。他不敢起来察看,而是用被子把头蒙了起来。第二天早晨醒来,他发现他的猎靴不见了,只好光着脚出去找。在营地里经常会遇到蝎子,所以当他的右脚踩在一样东西上并感到一阵刺痛的时候,他以为自己是被蝎子蜇了。他一边大声喊着哈尔的名字,一边跑回自己的帐篷,一头倒在吊床上。当哈尔赶来的时候,发现上校的嘴里在冒泡沫——不知道昨晚上巴贝在他嘴里涂的是什么。

10 猿中之星

"我要死了,我给蝎子蜇了,解毒针,快!"

哈尔知道被蝎子蜇了可不是闹着玩的。他顾不得细看,立刻跑出去取来注射器,灌上药。当针头扎进上校的屁股时,上校疼得"哎哟"了一声,喘着粗气说:"你怎么这么慢,可能已经来不及了,我感到毒液已经爬上了我的脚,现在到胸口了,很快就会进到心脏。"

哈尔问道:"喂,你哪儿被蜇了?"

"脚底。我感到晕,恐怕我随时都可能跟你们永别了。"

哈尔检查了上校的脚底。被蝎子蜇了以后必定会留下一个小洞。但在上校的脚底上找不到这样的小洞,只是在右脚跟上有一个小黄点,像是被烟头烧的。

哈尔走出帐篷,仔细地察看四周的地面,果然发现了一个还没完全熄灭的烟头。他拾起烟头,来到上校床前:"瞧,这就是蜇你的蝎子。你踩到这个烟头上了,我想它不会要你的命。"

11

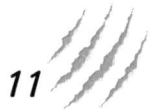

鬣狗喜欢靴子

上校的伤立刻就好了。既然已经知道自己不过是被烟头烫了一下,而不是中了毒,他的疼痛也就奇迹般地消失了。当然喽,他决不会承认自己是个笨蛋,他还得想法找哈尔的碴儿。

"我想你应该为你办的蠢事而脸红。年轻人,你应该学会三思而后行:你想想——在我身上扎个洞,还注射一筒蛇毒,仅仅因为我被烟头烫了一下。蝎子,真是的!谁跟你说我被蝎子蜇了?"

"你呀!"哈尔提醒他。

"我根本想不起来我说到什么蝎子!你必须学会动脑子,小伙子,动脑子!"

哈尔不再理他。

马里提着上校的靴子进了帐篷。靴子好像被尖利的牙齿嚼过。马里问:"这是你的吗?我们在那空地边上捡到的。"

"当然是我的,蠢货。你们为什么不早点儿给我送来?"

比格把靴子接过来,翻来覆去看那些牙齿印:"嘀哈,我知道这是怎么回事啦,就是那该死的小豹子,你让它们到处乱跑。昨晚上一定是它们进来了,喏,看看靴子——几乎没法穿了。"

哈尔说:"也许不是豹子吧!"

比格火了,嗓门提得更高:"还会是什么?直说了吧,年轻

11 鬣狗喜欢靴子

人,那些小畜生晚上应该关在笼子里。不然的话,下次它们会把我们咬死在床上。关进笼子里,听明白了吗?否则我就离开你们的狩猎队。对,先生,我一定要走。"

哈尔笑嘻嘻地说:"得了,上校,别走,你走了我们怎么办?"

"关进笼子,明白吗?"

为了哄住这位可怜的上校,天黑以后,小豹子被关进了笼子。但小豹子不高兴了,它们不断地喵喵,吵着要出来。豹子是夜行侠,晚上是它们玩耍和捕食的好时光。楚楚和翠翠显得很可怜,罗杰一肚子的不高兴:"干吗要迁就那爱发火的蠢货而把它们关起来?"

哈尔说:"如果我们不这样做,他还会把发生的事情归罪于它们。我有预感还会有事的。"

"还会有什么事?小豹子们都给关起来了。"

"我不信那是小豹子干的,一定是比小豹子大的东西。"

"你说是狮子吗?"

"谁晓得呢,但我知道怎样查出事实真相。今天晚上跟我一起守着好吗?说不定会很有意思,也许还能抓到什么东西。"

这种事罗杰可是求之不得。夜深了,所有的人都睡着了。兄弟俩靠着树坐着。罗杰很兴奋。神秘的丛林中传来野兽们的喧嚣。

罗杰老是问:"那是什么在叫?"尽管哈尔每天晚上都倾听那些叫声,并对照手册判断它们发自哪种野兽,但仍然不能回答罗杰所有的问题。

"我看，那嘭嘭声是犀鸟发出的，那喷鼻声是角马的；听，斑马——一定有好多匹——那种唧唧喳喳的声音，就像是好多人参加一个鸡尾酒会；那狺狺声是豺的；那种深沉的嘀嘀声当然是河马的喽！"

从营地附近传来一声咆哮。罗杰说："是狮子。"

"说不定，可能是一只鬣狗。"

"但鬣狗叫声似笑，喏，现在那叫声就是——那声音真恐怖。"

这种笑声真令人毛骨悚然。

"嘻——嘻——嘻——嘻——嘻——嘻——哈——哈。"紧接着是一种由低渐高最后是凄厉的长声，好像是另一种不同的动物发出的："呜——咦！"再接着是狗的汪汪叫声，小狗狺狺声，狼的嗥叫声。最后又是一声狮吼——或像狮吼一样的吼声。

"所有这些叫声都是一种动物发出的，"哈尔说，"鬣狗，它们越来越近了。恐怕很快我们这就会来客人了。"

罗杰不安地蠕动身子："我还没听见过那么怪里怪气的叫声，让我身上都起鸡皮疙瘩了。"

哈尔说："我也一样，那简直是鬼叫，非洲人就说鬣狗是鬼魂变的。他们说老人死了，他的鬼魂就变成鬣狗回家来。还有一种说法，说是在夜里巫师骑着鬣狗到处跑，边跑边那么叫喊。"

"嗯，不管它是什么吧，你看它们能钻进上校的帐篷吗？他的帐篷门已经牢牢地闩住了。"

"如果一头野兽想钻进一个帐篷的话，你没办法挡住它。只不过多数野兽不想钻而已。而鬣狗不，它想钻进帐篷，如果从门

11 鬣狗喜欢靴子

钻不进去,它一下子就可以将帆布咬穿个洞,它那副牙齿可厉害啦!有人说在所有动物中,鬣狗的颚是最有劲的,它的牙齿可以咬碎坚硬的骨头。"

"真要是大个儿野兽的骨头,它咬不动吧?比如说,犀牛的骨头。"

"没问题。狮子捕杀犀牛之后只是吃肉,骨头就留那儿了。狮子一走开,鬣狗就一拥而上,就嚼那些骨头,嚼成碎片就吞食掉。犀牛皮足有三厘米厚,鬣狗嚼起来就像嚼口香糖似的,既松软又好吃。为什么它们喜欢上校的靴子?就是这个原因。那靴子是牛皮的,鬣狗什么都吃。在安博塞利那边,就有鬣狗钻进狩猎小屋掀翻垃圾桶,吃里边的垃圾。如果垃圾桶里边沾有油污之类的东西,它们甚至连垃圾桶也吃掉——起码,垃圾桶是用不成了,被鬣狗的大嘴巴咬瘪了。在察沃那个地方,一个猎手打伤了一只鬣狗之后扔下枪跑了。被激怒的鬣狗咬住枪管,把枪管咬成七扭八歪的一根废铁。嘘,听!"

就在他们靠着的那棵树后面的灌木丛中传出窸窸窣窣的声音,一阵轻风还带来一股臭臊味。"鬣狗。"哈尔小声地说。

"像没刷牙的臭嘴味,"罗杰说着从腿上把套索拿了起来,"我们现在就抓它们吧,趁它们还没攻击我们!"

"我看它们不会来打扰我们,因为我们还没死哪!它们喜欢死东西,特别是死了多日,发了臭的。"

他们带着的那条狗露露也开始轻轻地咆哮,可能是听到了响动,也可能是被那股子臊臭熏的。

"别出声,露露。"哈尔轻轻地说,"过一会儿就看你的了。"

一个黑影从树丛中溜了出来,鬼鬼祟祟地进了营地,大小有一条大狗那么大。虽然没月亮,但非洲的星光也够亮的,可以看清那耷拉着的脑袋和从肩往后斜的身子。随后又出来一头,一模一样的身架子。哈尔来了精神,说不定一下子可以捉到两只。他的手情不自禁地抓起套索,随后又放下了。应该让它们先去拜访一下上校。好让上校知道不是小豹子偷了他的靴子,不然小豹子们就会蒙冤受屈,每天晚上都被锁在笼子里了。

鬣狗偷偷摸摸地到了厨房,嗅了嗅炉子旁边的笼子,随后钻了进去,要是这个时候一个箭步冲上去关上笼门,轻而易举地就可以抓获这只鬣狗。但哈尔还是一动不动。

即使这时候鬣狗知道有两个孩子正坐在树下,它们也不在乎。一种敢于窜进有人住的帐篷的野兽当然不会被两个孩子吓跑。它们在营地里踱来踱去,捡起地上一切可吃的东西:掉在地上的面包屑啦,肉啦,皮啦,等等。

来到上校的帐篷前,它们就不走了,开始围着帐篷嗅,不时用鼻子拱拱帐篷。帐篷四周的帆布大多与地上的钉子扣得很死,想钻进去不容易。但有一只鬣狗发现了一个地方有一条窄缝,它咬住帆布拼命地拉,终于拉开了一道口子,它趴在地上匍匐而入,钻进了上校的帐篷,另一只也以同样的姿势同样的办法跟了进去。

不一会儿两个家伙又都出来了,每个家伙嘴上叼着一个黑糊糊的东西。罗杰高兴地用胳膊肘轻轻地推了哈尔一下:那是上校的靴子。鬣狗们来到炉子旁,嚼咬皮靴子,听那吧嗒吧嗒的咂嘴声就知道它们非常非常喜欢上校这两只靴子的味道。

11 鬣狗喜欢靴子

哈尔在想,差不多了吧?该救下这两只靴子,别让它们全给毁了。他正要站起身子,一声喵却让他改变了主意,那是关在笼子里的小豹子在叫呢!不,上校该受点教训。另外,这也不是套鬣狗的时候,它们很警惕,不时抬起头四处张望,随时准备逃跑,让它们待得越久,越自在,就越容易捕捉。

嚼了十几分钟靴子之后,有一只鬣狗大概想要吃点心了。

炉子旁边放着几只平底锅。吃过晚饭后,厨子不敢摸黑到河边去,所以那些锅都没洗,那上面的羚羊排骨沫油腻腻的,正对鬣狗的胃口。开始它只是舔,后来干脆整个嚼起来,就像嚼骨头似的。两个家伙嚼着那些铁锅,就像吃着美味佳肴,乒乒乓乓的响声开始吵醒帐篷里的人,已经有人伸出头来看了。

"上,露露!"

兄弟俩和狗一齐冲上去,鬣狗光顾着大嚼特嚼那些味美的铁锅,根本没注意来人,直到套索套住了脖子才醒悟过来。它们惊叫着想逃跑,却被哈尔牢牢地拉住绳索,而罗杰则被另一只鬣狗朝树丛拖去。这时露露显出本事了。它是一条有经验的猎狗,非常清楚该怎么干:它咬鬣狗的后腿,当鬣狗转过头咬它时,它立刻跑开,它可不冒被那大尖牙咬住的危险。不过就这么一小会儿,罗杰已经把绳头系在了大笼子的栅栏上了。

另一只鬣狗眼看跑不脱,干脆回转头扑向哈尔。又是露露来解围,它知道鬣狗的嘴很厉害,所以它从不正面扑上去,而总是咬后腿。被咬疼的鬣狗几次回头扑向露露,但总是差一点扑到。

狩猎队的队员都出来了,但没帮上什么忙。露露起的作用最大,它老是追咬着猎物的后腿,把它们朝笼子里面赶。有一只已

11 鬣狗喜欢靴子

经钻进了笼子,那只鬣狗大概以为里边比外边安全吧,露露又去赶另一只,直到两只鬣狗都进了笼子,哈尔立刻冲上去关紧笼门。

这时上校一摇三摆地从他的帐篷里出来了,穿着睡衣裤——又是光着脚。

"是怎么回事啊?"他训斥道,"出了什么事?就不能让人睡个好觉。哎哟!"他踩了一块尖石子:"我的靴子呢?"

哈尔指着炉子旁边一堆黑糊糊的东西说:"你的靴子在那儿!"那双靴子好像进过搅肉机似的,已经被鬣狗那有力的尖牙咬得不成样子了。

上校的火气又上来了,"就是你们的小豹子干的,我记得我告诉过你们,要把它们关起来。我要宰了那两头该死的东西。"说着就四处寻找。

"如果你是在找小豹子的话,"哈尔说,"在那儿。"他把手电筒朝豹笼照去。

笼子里两只小豹子用后脚站着,前脚搭在栅栏上。它们的大眼睛被手电筒光照得扑闪扑闪的,正好奇地望着这些激动的人们。

哈尔说:"就是因为你,它们整个晚上都被关在这儿。"

"那是什么东西咬坏了我的靴子?"

哈尔把手电筒转对着鬣狗笼子。两只斑斑点点的鬣狗,耷拉着脑袋,在笼中不停地走来走去。谁靠近笼子它们就对着谁咆哮。

"是它们嚼烂了你的靴子。"

"我不相信,"又倔又蠢的上校反驳说,"就是你们的小豹子咬的。"

"你相信那两个小不点儿能咬坏一只平底锅吗?"

"真是个蠢问题,当然不能。"

哈尔用手电筒照着平底锅,那锅上面坑坑洼洼的,满是牙齿印,锅把拧弯了,锅也七扭八歪,成了一个大烧饼状,想用它来煎肉排是不可能了。

哈尔问他:"你对此有何看法?两只小豹子能干得了这事吗?"

"是不能。"上校气呼呼地认输了,"是鬣狗干的,但这将是它们咬坏的最后一只锅子,我说到做到。"

"你上哪儿去?"

"取我的枪。"

哈尔把他拦住了。虽然上校怒气冲冲,可是面对着这个近两米高的大块头年轻人,要动硬的,非进帐篷取枪不可,他也得好好掂量掂量。哈尔慢声细语地劝他——这时哈尔不像个19岁的年轻人,倒显得比这50多岁的老头儿更加沉着老练。哈尔说:"不要开枪。记住,我们要活捉,不要死野兽。这只鬣狗,卖给任何动物园,每一只都值170镑以上。如果你还像以前一样端着枪看到什么打什么,那我们不得不收了你的枪。好了,好了,回帐篷去睡觉吧。别想着你那双靴子了,我另给你一双。至于那小豹子,你已经知道它们与你的靴子案件无关,你不会再反对我们把它们放出来吧。罗杰,让它们出来!"

罗杰打开笼门,楚楚和翠翠争先恐后地朝外跑,挤得两个都

11 鬣狗喜欢靴子

跌倒在地上。它们高兴地猞猞直叫,在草地上追逐跳跃。

比格上校嘟哝了老半天,终于回到自己的帐篷去了。

哈尔和罗杰来到父亲的吊床前。

"你醒着吗,爸爸?"

"当然啦,我无论如何也不能错过刚才那场精彩的表演嘛!"

"也许我对上校太粗暴了。"

"一点儿也不。越早让他知道他并不是我们狩猎队的头儿,对他越有好处。祝贺你捉到了两只'非习'。"他用斯瓦西里语说的"鬣狗"。

"呃,"哈尔说,"它们是值钱的动物,但我看,养这种动物并没什么意思。"

"我懂你的意思。鬣狗是种声名狼藉的动物,叫声可怕,气味难闻,吃动物的尸体,所以人们都讨厌它们。但你们想到过吗?我们也一样,除了吃生蚝外,其他很多东西也是吃死的。鬣狗把动物尸体吃掉是件大好事。在东非,每天都有成百上千的野生动物因各种原因死去。假如让所有这些死动物就这样自然腐烂,那这块地方该是多么臭呀!鬣狗是清洁工,它们四处打扫,与秃鹰和豺一道,把丛林和草原打扫干净。没有它们可不行。比如,一头狮子捕杀了一匹斑马,只吃了一半就走了。鬣狗会来吃骨头。豺狗来吃剩下的肉,最后来的是秃鹰,剩下什么吃什么,甚至沾了血的沙子它也会吃掉。这样,当它们都吃完了以后,就是一次非常彻底的大扫除。你根本就看不出在这块地方曾有动物被杀死。"

"它们也许有用处,"罗杰说,"但它们的样子那么难看。"

"的确是难看。但也跟很多人一样——他们的行为并不像他们的模样那么卑劣。有一次，我见到一只鬣狗从营地中偷了一片肉，跑进了树丛，不一会儿它又来叼了一片，又跑回树丛，一连来了好多次，我感到好奇，就跟踪它进了树丛。我看到一只母鬣狗正在喂小狗，那些肉都摆在它们前边的地上。它就是为它们偷来那些肉的，而它自己一片肉也没吃。你们要是看到小鬣狗，一定会吃一惊，非常好玩，也没大鬣狗的那股臊臭味儿，跟狗一样的可爱。这也不奇怪，因为它们也是一种狗。你知道，它们部分是狗部分是猫，但更多的是狗。"

12 巫医

一缕晨光射进帐篷里。帐篷门开了,狩猎队的扛枪人图图探进头来。

"我能向你说件事吗,先生?"

"进来吧,图图,你想说什么?"

"小豹子——楚楚——那只公的——丢了。"

"大概是在附近的丛林里玩呢。"哈尔说。

"不,我看见一个人抱着它跑了。那人是从村里来的,我没能追上他。"

"他们为什么要偷楚楚呢?"

"我想我知道为什么,先生。昨晚上我在村里。村里的头人病得很厉害,巫医说只有一件事能救他:献上一只山羊,而且必须在头人的房前把这只山羊活活烧死。村里人抓来一只黑山羊,绑在一根木桩上,四周堆放了许多木头。点着木头之后,巫医围着火堆又蹦又跳。山羊最后被活活地烧死了。巫医取了一些滚烫的灰,又从一只癞蛤蟆身上挤出些液体,拌在一起,让头人喝下去。"

"那结果呢?"亨特问道,"他好些了吗?"

"没有。他闭上眼,从他的脸上可以看出他很难受,他的身子变得像树干一样僵硬。头人的儿子放出话来,如果头人死了,巫医也别想活。"

"那个巫医一定被吓坏了。"

"他吓得要命。他对村里人说,那药无效完全是他们的过错。他们不够虔诚,用一只山羊做祭祀品太简单了——必须用更宝贵的东西来祭祀才行。他给他们出了个大难题。"

"是什么?"

"他说,他们的头人是位非凡的人,是他们伟大的头人,一个非凡的人必须用非凡的祭品。必须吃一个豹子心,他的病才能好。如果12小时内不能弄到豹子心,他就死定了。"

"他的办法行不通,豹子可不是随时都能见得到的。他们也许要找几天甚至几个星期才能发现豹子的踪迹。"

"是这样。"图图说,"巫医给他们出这个难题的目的就是希望他们做不到,这样头人死了,人们也无法怪罪他。他会说:'我已经告诉你们该怎么办,可你们不听我的。如果他们在12小时内给我抓来一只豹子,我就能救活你们的头人了。现在他死了,全是你们的罪过。'人们讨论了半天,但谁也不知道在哪里能抓住豹子。我听烦了,就回营地来了。"

"下边的事,我能猜出来。"亨特说,"一定有个人知道我们营地里有两只豹子。他潜伏在附近等待时机,当我们把小豹子放出来以后,他逮住了楚楚。"

罗杰跳起身。说不定巫医的刀正在挖出小楚楚的心脏。

"赶快到村里去。"

哈尔站了起来,而爸爸说:"等一会儿,哈尔,把药箱带上。"

12 巫 医

哈尔抓起药箱,与罗杰、图图一道顺着到山村的路急匆匆地跑步出发了。

他们听到了急促的鼓声,男人们的呼喊声,妇女们的唧唧喳喳的议论声,整个村子弥漫着一股狂热。在这声浪之上的是一个人的号叫声,可能是巫医的,也许他正为了宰杀祭品而变得疯狂。

哈尔三人来得正是时候。楚楚直立着被绑在一根木桩上,脖子和后腿都被绑住了,露出胸膛,等着被巫医开膛取心。小楚楚的前爪无望地乱抓,发出可怜的喵喵的叫声。巫医在楚楚前面手舞足蹈,他的脸上和身上涂抹得五颜六色,头上绑着一对羚羊角和白鹭及鸵鸟的羽毛,随着他又蹦又跳,那些羽毛疯狂地摇动。他的脸上不知怎样弄上了一副雄狮的鬃毛,就像是长了一脸可怕的胡须。他的脖子下面用绳子吊着一个洋铁罐,铁罐四周缀满了鳄鱼牙齿。只要他一动,那些鳄鱼牙和洋铁罐就会碰在一起,发出哗啦哗啦的响声,十分吓人。他的脖子上挂着一串用鬣狗牙齿做成的项链。他几乎一丝不挂,只是在腰间围了一块用长颈鹿皮做的围腰。他的身上涂满了鳄鱼油,那股冲天的臭味在很远的地方就能把人熏晕。

随着他魔鬼般的舞蹈和尖叫,他手中的长刀离小豹子的胸口越来越近,刀在阳光下闪着寒光。四周的村民,在木鼓的伴奏下,也像着了魔一样又喊又跳。

罗杰看到他的小豹子受到这样的折磨,已经顾不得自己的安危。他从又蹦又跳的人群中挤进去,掏出猎刀,割断了绑着楚楚的绳索,把楚楚抱在怀里。哈尔和图图也立刻挤了进去,站在罗杰的身旁。

所有的声音都戛然而止，人们望着这三个人，目瞪口呆，希望巫医能施法术惩罚这3个无礼的陌生人。巫医瞪大了一双充满仇恨的眼睛盯着他们。巫师不得不仰起头来，因为哈尔至少比巫师高30厘米。不过巫师手上有刀，而哈尔赤手空拳。巫医狂怒地尖叫着举起了长刀。说时迟，那时快，哈尔一把抓住他的手腕，猛地一拧，他的刀就掉到地上了。

"我要见你们的头人。"哈尔说。

巫医一脸莫名其妙的神色，看得出来，他不懂英语。图图用斯瓦西里语又说了一遍。巫医愤怒地开口了。图图翻译道，"他说不行，头人病得很厉害。"

哈尔朝四周望去，看到有一间草屋比其他屋子大，那一定是头人的家了。他挤出人群，走进那间草屋，图图紧跟着哈尔，罗杰抱着楚楚走在最后。巫医和村民也跟了进来，草屋一下子就被挤得满满当当。

头人躺在一张用草铺成的地铺上，他举起虚弱的手表示欢迎，还用英语说：

"我的朋友。"

哈尔说："如果我们是朋友，你为什么还让他们去偷我们的豹子？"

"那是他的安排，"头人盯着巫医说，"不是我的主意。直到他们把豹子带到村里我才知道这件事。这件事做得不对，我们记得你们杀死了那头吃人豹子，救了我们的孩子。我们感激你们。"

"用这种方式表达感激之情不是太离谱了吗？"

12 巫 医

"你说得不错,"头人承认,"但我的村民并不像你想象的那么坏。他们要救我的命,这种愿望要重于对你们的感激之情。"

"他们差一点就要了我们的爱物的命。"

"我试图想拦住他们,但一个垂死的头人的话就不那么有力量了,巫医取而代之。也许我阻止他们不够坚决,但我想活。我的巫医也许是对的,吃下一个强有力的野兽的心脏我也许会强壮起来。你是个好人,你不想让我死掉吧,如果你能让这只豹子的死换回我的命……"

哈尔握住了头人的手笑着说:"我当然不想让你死掉,但你怎么会相信那些荒唐话?一只豹子的心脏怎么可能救活你的命?你是个受过教育的人,你知道很多新的事物,你甚至还会讲英语,但你却屈从于那些陈旧的、迷信的愚昧行为。"

头人闭上眼说:"并不是所有的旧东西都是错的,也不是所有的新东西都对。你们也有迷信。"

哈尔感到自己像一个孩童,正受到父亲温柔的责备。

"的确,我们也迷信,"哈尔说,"我们还有很多东西不懂,我们需要向非洲的人们学习。不管怎么样,我这个箱子里有些东西也许能治好你的病。"

"那是什么?"

"这是个药箱。我不是医生,但我们出门的人必须得懂一些医药常识。你好像在发烧,我给你量一下体温吧!"

头人轻轻地点了一下头,但当哈尔打开药箱从中取出体温表时,一旁的巫医激动地说了起来。

"他说,"图图翻译道,"他知道那些东西,里面都是毒药,会要了头人的命。"

头人声色俱厉地朝巫医说了几句就接过体温表放进嘴里。

哈尔掏出手帕给头人抹去头上的汗,然后用右手把着头人的脉搏,抬着左手看着表。当他取出头人口中的体温表看了看刻度后,他说:"难怪你感到那么难受,你现在体温是39摄氏度,心脏每分钟跳90下,你像这样有多久了?"

"昨天半夜开始的。"

"在这之前呢?"

"头疼、发冷、发抖。我以为我会抖得散了架。人们说天并不冷,但我感到像冰一般冷。"

"你的胃口怎么样?"

头人脸上显出恶心的神色,将头扭向一边:"我想到吃就恶心。最让我恶心的就是想到要吞下那血淋淋的豹子心。哇,恶心又上来了。"

"身上疼吗?"

"到处都疼,也说不清楚哪儿疼,每个关节,每根骨头都疼,好像没有一处不疼。"

"听起来像是恶性疟疾。"

哈尔从药箱里拿出医药手册,翻到疟疾那一页。随后从箱中找出两瓶药,一瓶标着"百乐君",一瓶写着"奎宁"。他取出一片"百乐君"、两片"奎宁",然后对巫医说:"请给我倒点水来。"

巫医一动不动。图图立刻钻出茅屋,不一会儿就用鸵鸟蛋壳盛了一点井水回来。头人急切地吞了药片,喝了水,理都不理在

12 巫 医

一旁大声诅咒的巫医。

"好了,睡一觉,"哈尔说,"过几个小时我再来,希望那时候你会好些了。"

"但如果我好不了,或更糟了,我的百姓会要你吃苦头的,你最好还是别来了吧。"

"我要来。"哈尔说完就站起身要走,突然,巫医一把从罗杰身上把小豹子夺去,罗杰扑向巫医,想把楚楚抢回来。

"罗杰,给他!"哈尔厉声说道,"我们才3个人,你希望与40个人发生一场战斗吗?图图,巫医在说什么?"

"他说他要留下豹子,如果头人好了,小豹子还给我们。如果头人好不了,就把小豹子宰了。"

罗杰舍不得他的小豹子,就拿哈尔出气说:"你就让他们这样吗?你怎么成了个软骨头。你知道,我们一离开这儿,他们就会把小豹子剁成碎片,你为什么不采取行动!"

"行了,莽撞鬼!咱们走吧,别惹出事来。"

兄弟俩和图图走下山包。突然从后边飞来一块石头正打在哈尔背上两片肩胛骨之间,痛得他缩住肩膀,但就是不回头。罗杰知道自己的哥哥是个勇敢的人,所以对哈尔现在的表现很不理解。而哈尔也只是说:

"还好,是块石头而不是一支毒箭。说真的,我并不怪他们,他们是为自己的头人担心。"

罗杰咕哝道:"不过这种表达担心的方式令人讨厌。"

到了中午,三人再次来到村子。这一次男男女女、老老少少都笑脸相迎。

哈尔说:"他一定好了。"

头人还躺在地上的草床里,不过眼睛有了生气,说话也温和多了。"我好了,"他说,"就是有点虚弱。"

哈尔给他做了检查:体温降了下来,脉搏已经正常,不再发冷,身上也不疼了。罗杰这时却着急地四处张望。

"把这孩子的豹子带进来。"头人下令。头人话音刚落,就进来了一个人,并把手中抱着的楚楚交给了罗杰。每一个人看来都很高兴,唯一愁眉苦脸的就是巫医。

对巫医来说,这一天是个倒霉的日子。村子里的人笑他的魔法不灵,烧死山羊治不好头人的病,豹子也杀不成,两个毛孩子就坏了他的事。至高至尊的巫医竟然被两个毛孩子治住了,其中一个孩子竟然还治好了头人的病。

但巫医不会善罢甘休。他现在就发疯似的又喊又叫,只要有人愿听,他就喋喋不休地对人说个没完。

"他在说些什么?"哈尔问图图。

"他说头人的病没好,这是回光返照,就像一颗星星掉下来之前会有一阵子非常亮一样。他对他们说,头人会死掉。你们放进头人嘴里的是毒药,会毒死头人。还有那根让头人吸着的玻璃管……"

"体温表?"

"是的。里面有些红色的东西。他说那是要命的毒药,它使即将死去的人死之前有一种好的感觉,但头人一定会死,他的灵魂会惩罚村里所有的人,因为他们不相信巫医。他就是这样对他们说的。"

12 巫 医

"他们相信巫医的话吗？"

"他们的头脑是混乱的。看到头人好些，他们高兴；但如果他死了，他们会认为是你们害死的。那样一来，巫医在他们眼里就又重新变得尊贵起来。"

"那我们就变渺小啦！"

"你会完蛋。他们会宰了你，就像杀死一只老鼠。"

"我就喜欢你这一点，图图，什么事到你嘴里就特别有意思。"

他又给头人服了一片百乐君、两片奎宁。这时，马里上气不接下气地跑了进来："先生，野牛，很多！"

哈尔一听就明白了。他一直在留心野牛的踪迹，因为伦敦动物园要订购三头。他立刻对头人说："我要马上回去，请你原谅，但我还会来的，祝你早日康复。"

"谢谢你，我的孩子！"这话语，这微笑足以补偿了哈尔所碰到的麻烦。当他们三人朝门口走去的时候，巫医又喊叫起来。他那尖厉的声音盖过了所有其他人的声音。图图把他的话译给哈尔听："头人要死，头人要死。"

哈尔说："我看这是他求之不得的事。"

13

装甲部队的攻击

在山上哈尔他们就看到了野牛群,大约有 100 头。像一片黑色的云,而不像是这块充满阳光的温暖的土地上的动物。它们随时会刮起一场风暴,而这种风暴要比天上的风暴厉害得多。现在,这样一场风暴就要来临。

整个牛群正朝着一个方向前进——亨特营地。它们好像不喜欢眼前的景象。非洲野牛从来就不喜欢任何东西。一头大象、一头狮子,甚至一只鬣狗,都有高兴的时候,而一头野牛似乎一天到晚心情都不好。黑糊糊的难看的脸上一双愤怒的红眼睛,脖子伸得老长,好像要用那对尖角捅你一下。这是非洲大陆上最厉害最倔犟的一对角。一头公牛的角尖与角尖之间的距离有 130 厘米宽,体重有一吨,这一吨力量随时准备将那一对尖角扎进任何它不喜欢的东西。

"如果它们想碰碰我们的营地的话,"哈尔说,"我们那些帐篷就会像被压路机碾过一样。"

他们想起了躺在吊床上不能走动的父亲,立刻飞跑下山。进到营地,他们看到的是一派紧张景象。人们正在准备对付即将到来的四条腿"雷公"。汽车在发动,一支准备活捉大野兽的狩猎队必须配备汽车,亨特狩猎队就有 14 辆。那可不是一般家庭用的车辆,而是大型载重卡车,并全都用特制钢板钢梁加固,很难

13 装甲部队的攻击

被撞坏。最轻型的一辆是路虎越野车，就这也是特制的装甲车，像军队的坦克那样，前后轮驱动，以防陷入泥潭或沙坑里。其他一些是坚固的"福特""雪佛兰"追捕车，用来追捕大野兽；还有的是载重4吨的"贝德弗兹"和"路虎"大卡车。车上装有好几个大笼子，捕到的野兽就关在里面。

"首先得保护营地。"哈尔说。他叫人把车开到营地前排成一排，正对着野牛冲来的方向。前方约400米处便是野牛群。现在两军对垒，一队是钢裹铁包的机器，一队是力大无穷的野兽。

哈尔飞跑回父亲的帐篷向父亲报告他的安排。

亨特说："不错。这样一来它们得好好想想。问题在于，大多数野牛没有思考的习惯，而让领头的那些大公牛去考虑。只要那些领头的当中有一头发起攻击，其他的就会蜂拥而上。这一点很像羊群跟着头羊，也仅仅在这一点上它们与羊相似。它们非常暴躁，如果它们发起进攻，唯一的办法是：击退它们。"

哈尔返回阵地指挥队员们："如果野牛要冲过来的话，我们就迎上去。"

14辆车全部发动待命，哈尔同时派一些队员登上某些车子，一旦有机会，随时准备捕捉和装笼。他没忘记，全部人马只有30名队员，还得留一些守卫营地，以防野牛来个突然袭击。因为野牛不但性情暴躁，还十分聪明，如果从前边无法得手的话，它还会绕着你转来转去，找机会从后边给你来一下。所以很多猎手认为它是非洲大陆最危险的大型野兽。大象的个头儿比野牛大，但大象有时候很温和，而野牛从没有温和的时候。有一些大野兽，如犀牛，是近视眼；有一些耳朵不灵；另一些则嗅觉不灵。而野

13 装甲部队的攻击

牛不但看得远，听得真，嗅觉也灵。对付某些野兽，你可以靠灵活躲闪，但对野牛不行，它的反应和动作都很快，你一转身，它即转身。如果被某些野兽扑倒了，你装死不动，它就会走开。但野牛不会，把你弄死它还不满意，还要把你踩平。它要用蹄子把牺牲品踏得跟法国馅饼似的那么薄才甘心。

罗杰不愿意留在营地，跳上了一辆大笼车。哈尔上了一辆"福特"追捕车，坐到司机旁。他一看司机是乔罗，心里就有点儿不太高兴，因为乔罗曾经想杀死他。但现在没时间去想那些事了。

如果说黑糊糊的野牛群是一片乌云的话，那么这片乌云上面还飘着一片白云，那就是白鹭，成群的白鹭。它们有的站在牛背上用嘴从牛皮的皲裂中找虫子吃，而大多数飞在空中伴着牛群向前进——一支黑色的大军挥舞着白旗向前挺进。

多么奇妙的组合：美丽的白鹭和丑陋的黑色野牛——典型的美女和野兽的组合。

通常，白旗表示投降，但这儿却不是。这些急躁地刨着地，挑衅地喷着鼻的野牛，是不屈服也不临阵脱逃的野兽。

野牛只怕两个敌人，一是狮子，二是枪。在这儿它们既没看到狮子，也没发现有枪，它们只看到没有角的人。十几个人才赶得上一头野牛的体重，而十几个人的力量则远不如一头野牛。它们还怕什么？

哈尔曾寄希望于这一溜儿摆开的汽车，也许野牛会惧怕汽车。但在野牛眼里，这些玩意儿不过和房子帐篷差不多，没什么可怕的。14辆汽车的重量加起来有30吨，而这一群野牛则有上百吨。对这样一场较量,哈尔心里可没底。

哎,声音怎么样,很多动物对响声都很敏感。哈尔把喇叭按得震天响,其他司机也明白了哈尔的意图,14辆汽车的喇叭全都响了起来,嘈杂声把所有的白鹭惊得都飞上了天,附近的狒狒也吓得喳喳乱叫。而野牛群不但没有被吓跑,反而全都吼叫起来,大概是想与汽车喇叭也来一次较量,把汽车喇叭声压下去。司机们只好认输,野牛群听到喇叭不再响,也就不再吼了。

野牛群前边的几头大公牛对这种对峙局面不再感兴趣,开始低头吃草,于是整个牛群不再是进攻的队形,慢慢地散开了。哈尔希望,危险就这样过去吧!

啊,车队前面蹿出一个人,那是谁呀,不正是那个又倔又蠢的上校嘛!他还扛着他那支0.47口径的猎枪。哈尔记得比格上校说过他想要一个野牛头,现在他以为买卖来了。哈尔急得大叫:

"比格,别开枪!回来!"

比格根本不理,他举起枪瞄准了一头硕大的公牛,这是领头的公牛之一。

哈尔跳下车朝比格跑去,没跑两步,枪就响了。比格刚一回头,脸上就重重地吃了哈尔一拳头,枪被打飞了,人也坐在了地上。

牛群再次吼叫起来,这次可不是给汽车喇叭伴唱了,公牛们怒气冲冲地咆哮,母牛们发出警告敌人的喷鼻声,小牛们哞哞叫着找妈妈。

被比格击中的大公牛离死还远着呢!比格击中了它的前额,

13 装甲部队的攻击

但仅是伤了皮肉,它坚硬的头骨挡住了子弹。比格所做的事,只是将一头野兽变成了一个恶魔。原来它对营地的兴趣只不过是好奇,而现在是复仇的狂怒。一头受伤的野牛一心想着的只是复仇。

怒吼的大公牛一摆脑袋,一股鲜血从它额上的伤口中喷了出来。它像一个失去控制的火车头一样向比格上校直冲过来。

本来牛群已经散开吃草并会慢慢离去,但顷刻之间,这种可能性就化为乌有。牛群随着那头受伤的公牛像一股黑浪一样向营地扑来。

这时哈尔已经回到车上,他用胳膊碰了一下乔罗。乔罗挂挡,踩油门,汽车猛地蹿了出去。几乎同时,其他汽车也开动了。车队从上校身旁冲过,把他挡在车后,不然他就要被大公牛踏成肉饼。上校晕乎乎地捡起枪,摇摇晃晃地回营地去了。而由他招来的这场排山倒海的攻击并没有停止,那几百只牛蹄子擂着地面,发出地动山摇般的声音。这时候,即使前边的牛想停下来都不可能,因为后边的会继续向前冲。飞扬的尘土遮天蔽日,白鹭也尖声大叫。

野牛群对横在前边的一排铁金刚一点儿也不在乎。车手们驾车从岩石和土埂上冲过,汽车像西部的野马一样上蹿下跳。罗杰发觉自己老是被抛在半空中,就像玩偶匣里的玩偶一样,而且两头受罪,抛起来时头碰车顶,落下来时屁股重重地摔在硬邦邦的座椅上。

两支大军交上手后,好一派惊天动地的声势:发动机的轰鸣,野牛的怒吼,狒狒的尖叫,白鹭的啼鸣,其他动物的呐喊助威声。这个安静的河谷一定是第一次出现这样壮观的景象。

坚硬而沉重的大脑袋撞上了汽车的散热器，散热片弯了，断了，水管折了，水漏了出来，几辆车不得不停了下来。野牛的两只角在前额部连成一体，根部是一块10厘米厚的骨头，被它撞上的东西都会粉身碎骨。挡泥板被撞得七扭八歪，仿佛那不是钢板而是马粪纸。保险杠被撞断了，车头灯被撞得粉碎。撞击的力量把车手抛出座椅，撞到挡风玻璃上。有一辆车被4头公牛顶得直往后退，随后，这4头公牛从侧面把车掀了个底朝天。幸亏沉着的车手及时关闭了引擎，不然车准得爆炸。

成群的秃鹰在战场上空盘旋，它们几乎是千里眼，顺风耳，不论何时何地，只要有死亡，就会有秃鹰。

这儿的确有死亡，不过死的不是人，而是3头公牛躺在地上，血正从伤口处汩汩地朝外冒。它们的头没被撞碎，但脖子和体侧却被它们的钢铁敌人刺出了洞，再也不能和卡车较量了。另有一些被撞昏了，站在那里摇摇晃晃，瞪着圆眼睛，好像拿不定主意是否再发起一次攻击。不过最后它们还是掉头走开了，剩下的也在犹豫不决。那些还能开动的汽车的车手都在看着哈尔的车，因为他是头儿。

"前进——慢慢地！"哈尔对乔罗下了命令。车队开始慢慢地朝前移动。这种速度恰到好处地吓住了牛群，它们纷纷闪在一边，跑散了。

14 追捕野牛

这仅是一场遭遇战,大仗还在后头。狩猎队有一笔生意:捕3头野牛。

哈尔大声地向其他车手下达指示,除了哈尔乘坐的那辆追捕车和罗杰那辆大笼车之外,其他车辆返回营地待命,哈尔还叫了一些猎手和他们一起去追捕野牛。

哈尔从驾驶室钻出来坐在捕手椅上,捕手椅在驾驶室外面,固定在右前轮的挡泥板上,负责捕捉野兽的那个人得坐在这个位置上才好下手。哈尔抓着一根长杆,杆的一头是一个套索。捕兽的方法是把套索套在奔跑着的野兽的脖子上。这件事说起来很简单,但干起来却不容易。

哈尔向乔罗做了个手势,示意开始追击牛群。汽车的每一次颠簸都有可能把哈尔抛到刺丛里。他一手紧抓住车门不放,另一只手握着长杆。

大草原看起来像天鹅绒一样平坦,但长长的草下满是雨水冲成的沟,野兽刨的坑,还有石块、树桩和倒下的树干等等。

他们追上了牛群。牛群就像一条黑色的河流,河水在车两旁奔腾。有些牛已经在哈尔的长杆距离之内,但哈尔并不急于下手,他不想随便捉一只应付差事,他要抓只大的。

他看到了一只,就在前面,个头儿比其他牛高出四五十厘米，背像一张餐桌一样又阔又平，大脑袋上的两只犄角弯弯的，角尖像矛一样锋利，它的后颈处还有一只白鹭正悠闲地啄虫。

哈尔朝乔罗大声喊道："就抓那一头。"在雷鸣般的牛蹄声和马达轰隆声中，乔罗几乎听不见哈尔在喊什么，但他明白了哈尔手势的含意，立刻把车速加快。保险杠撞上了落后的母牛们的屁股，它们让开道。说是道，但那是什么道啊。汽车如果不散架、不断轴、不抛锚，那简直就是奇迹。

一棵大洋槐树挡住了去路，乔罗猛地一打方向盘，差点儿把哈尔抛出捕手椅。车擦着树干而过。遇到灌木丛，乔罗就直冲过去。最糟糕的是碰上荆棘丛，它们一般高3米，每一丛都有汽车那么宽，长着成千上万根5厘米以上的刺，又尖又硬。哈尔的脸上、手上都被划破了，鲜血直流，就连衣服也被划出许多口子。哈尔也曾想过是不是乔罗故意伤害他，但他知道这也是没办法的事。如果想捉到那头大公牛，他们不能见了灌木丛就躲，即使遇到蚁巢山也没时间绕行。非洲的蚁巢山十分奇妙有趣，样子千奇百怪，矮的50厘米，高的可达六七米。虽然人们称它们为山，实际上却是成千上万只蚁营造的。蚁山的每一个颗粒都是经过白蚁的身体加工而成。白蚁吃进黏土，在体内与某种体液混合后，就变得像水泥一样硬。所以蚁巢山坚如岩石，你要是用镐挖的话，一镐头下去，只会冒火星，连一个坑都砸不出来。它不怕日晒雨淋，可以经受100多年的风风雨雨。

此时那头公牛就冲上了这样一个大蚁巢山，山有汽车的两倍高。一个庞大的黑色身躯映衬在蓝天下，这幅壮观的图画令哈尔终生难忘。随后，野牛不是顺着山坡跑下去，而是奋力一跃，腾

14 追捕野牛

空而起,稳稳地落在另一侧。如果追捕车绕过蚁山,就会失去宝贵的时间。乔罗把油门踩到底,汽车像火箭一样冲上蚁山,随后也腾空而起。如果不走运,汽车会翻个倒栽葱。但这次运气不错,要是可以把这称为好运的话,汽车四轮着地,但却掉进了荆棘丛中。哈尔只觉得身上又是一阵刺痛,他想,怎么豪猪的刺都长到这些树上来了。

汽车冲出荆棘丛,又来到一片开阔地,现在离野牛已经很近了。野牛加快了速度想甩掉追踪者,它累得浑身是汗,嘴吐白沫。现在它和汽车已经把牛群远远地抛在后边。汽车的保险杠几乎碰到了它的蹄子,套索就在它的头上摇晃。哈尔努力想把套索套在公牛的头上,但颠簸的汽车却使套杆搭在牛背上。大公牛忽地一转身,向右跑去,乔罗紧追不舍,弯拐得太急了,左边的两个轮子几乎离开了地面。眼看又快追上了,大公牛又企图用急转弯的办法摆脱敌人,这一次是向左,汽车依然紧紧跟着它。

突然,大公牛停住不动了,两只发红的眼睛紧紧地盯住汽车,它被这个四四方方轰轰作响的臭玩意儿纠缠得不耐烦了。乔罗停住车,大公牛就在捕手椅一侧。还没等哈尔准备好套索,大公牛就朝汽车冲过来了。如果它撞汽车的下部,那么汽车就会打几个滚,而哈尔说不定已经被压在车底下了。但它撞的是车门。两只犄角刺得很深,好像车门是纸板糊的。它发觉自己的脑袋被这怪东西卡住了,它凶猛地晃动脑袋,不仅把自己的犄角拔了出来,连车门也给它拽掉了。这一下它看清了,车里面有一个人,它的怒火更旺了。它前腿腾空,头高高仰起,哗啦一声,不仅牛头撞进了驾驶室,连牛肩膀也进去了。乔罗看它扑过来,急忙往

107

外逃。驾驶室顶部有一个门，正好从这个门向上爬。他的动作很敏捷，但还是没能躲过野牛的攻击，一只牛角顶住他的屁股一掀，他就像个炮弹似的飞出车顶。看到他那狼狈相，哈尔和其他人都忍不住笑起来。但随后发生的事情更可笑，当然也够吓人的：牛头从车顶上伸出来，它的两条后腿登上了驾驶室，前腿趴在驾驶室顶。看到乔罗逃过了它的硬角，它气得发狂，一次一次地甩着大脑袋，乔罗几乎被角碰着了。它狂怒地咆哮，嘴上的白沫喷得老远，双眼像烧红的煤球。它拼命想登上车顶，两条后腿在驾驶室里乱蹬，仪表盘啦、车窗啦，一切都被踏得粉碎，可还是上不去。

哈尔这时真希望手中的家伙是一部相机而不是套索，多么奇特的景象：一辆福特车的驾驶室里坐着一头野牛！

猎手们曾经对他说过这一类事情——野牛、犀牛、狮子、豹子会蹿进驾驶室。美国黄石国家公园里每年都会有黑熊和灰熊打破车门钻进驾驶室，不过百闻不如一见，这次算是开眼了。

哈尔看得入了神，几乎忘记了自己的工作。他忽然猛醒过来：这不是天赐良机嘛！他伸出套杆让套索对准牛脑袋。这新的纠缠再次激怒了那畜生，它对着套索大声咆哮，企图用那十字镐似的犄角戳断它。

哈尔放下套索，要是利索的话，绳圈会滑过脑袋锁在脖子上，但这个家伙的两只犄角太大，绳圈卡在一只角上。有一段绳子正好掉在牛嘴巴里。它立刻大嚼特嚼，似乎要把怒气都出在这段绳子上。但它的特长是用犄角和蹄子而不是嘴巴。它的牙只适合吃草，对付这根尼龙绳就无能为力了。哈尔猛地一拉，就把套

14 追捕野牛

索从牛嘴巴里扯了出来。

大公牛已不再对乔罗感兴趣,它的一条前腿已经放下,过不了多久它的脑袋也会缩回去,然后下车跑掉。哈尔知道,只有这一次机会了。

他使出浑身解数,尽可能地使绳圈张得更大,终于把它套在了牛脖子上。绳子的一头在哈尔手里,他猛地一拽,绳圈就紧紧地勒住了那粗脖子。

大公牛怒吼一声企图从舱门中缩回脑袋,但被绳子紧紧地拉住了。哈尔知道自己的力量比不过大公牛,跟它拔河准得输。他早就把绳子牢牢地拴在挡泥板上了。让挡泥板去和大公牛较量吧,看看谁更有劲。挡泥板被拉得上下摆动,发出嘎嘎的响声。如果挡泥板被拉掉,固定在上面的哈尔的座椅也要飞出去。现在哈尔坐在上面就像坐在跷跷板上一样。

大笼车跟上来了,哈尔挥手示意他们快点。马里加大油门,车上的大笼子由于颠簸而发出哗哗啦啦的响声。

罗杰睁大眼睛看着这个最奇特的景象:牛头卡车。希腊人在他们的神话故事中创造了一个半人半马的怪物,不知他们见到这个牛头铁身,还有4个轮子的怪物时有什么感想。

他看到大公牛正拼命朝后挣,力图挣脱勒在脖子上的绳圈。如果绳子一断,它就逃脱了。

"快,马里!"他催促车手。

他看到哈尔朝他挥手,并指向追捕车的另一侧,他立刻明白了哥哥的意思。他朝车厢里笼子边的猎手们喊:"打开笼门。"又对马里说,"掉头,倒着靠过去。"

已经可以听到哗啦哗啦的撞击声了。大公牛为了挣脱出这个陷阱，已经把驾驶室里的所有设备都踩得一塌糊涂。这部车要花大力气才能修好。这就是活捉野兽的代价。在这场牛和车的较量中，双方是两败俱伤。

马里掉转车头，倒着车靠了上去，直到大开的笼门对准了福特车的驾驶室门。

"松开！"罗杰大声冲哈尔喊道。哈尔慢慢放松绳子。由于勒在脖子上的绳子松开了，大公牛立即从驾驶室顶上缩回脑袋，开始向车下退。大公牛后边没长眼，它不知道它的退路实际上是个更大的陷阱。它还没明白是怎么回事，已经稀里糊涂地进了笼子。马里将车朝前开了一小段，使笼门能关上。哈尔早就从捕手椅上跳下来，跑到大笼车后，飞快地把门关上了。

大公牛暴跳如雷，不断地用它的大脑袋撞击两侧的铁栅栏，整部大笼车在它的撞击下摇晃着。这样下去它的角可能会撞断，头也可能撞碎。必须让它安静下来，否则它会拼个牛死笼破。

哈尔取来麻醉枪，企图找机会给它一枪让它睡过去。但他还没来得及这样做，这只红了眼、口吐白沫的家伙像是一下子怒气全消，垂下脑袋，浑身大汗淋漓，一副绝望、筋疲力尽的模样。突然，它脚下一软，一下子瘫倒了。

15

给野牛当保姆

是心力衰竭,哈尔想。即使是一头健壮的公牛也不可能有无穷无尽的精力。这是一头领头的牛,刚才与车队对阵的时候,它一定拼得很凶。随后又被一部绝不会疲倦的机器追捕。它有一段非同一般的经历,钻进驾驶室,又差点儿从驾驶室顶的舱门钻出去,为的是追击一个人;它被套索套住,为了自由拼命挣扎;最后,它又和那些铁栅栏较量了一番。现在它垮了,体力上垮了,精神上也垮了。哈尔知道必须立刻采取措施,否则费了九牛二虎之力得到的将是一头死牛。麻醉枪派不上用场了,现在需要的是兴奋剂。哈尔跳进驾驶室取出了克罗明注射器。

克罗明是捕猎者常用的心脏兴奋剂。如果被捕获的动物由于过度疲劳、恐惧或休克而奄奄一息时,就得用克罗明。

要注射当然就必须将针头扎进野牛的皮肤,但它趴在大铁笼的中间,不管从哪一边都够不着。没别的办法,必须进笼子。

哈尔打开铁笼,进了笼子,又把门关上了。大公牛怒气冲冲地喷着响鼻,挣扎着站了起来。仇人见面,分外眼红。它害怕他手里那东西,那么尖,像它的角。得先下手为强,如果能抢先把他打发回老家,就可以永远摆脱这两条腿的东西了。它使出最后的力量,向哈尔扑去,但哈尔像个斗牛士一样早就躲开了。它退回来,再次向哈尔冲去,哈尔再次朝旁边闪开。这次不那么顺利,他被牛屁股挤在笼子的隔栅上,如果整头牛的重量都压到他身上,他就会被隔栅切成无数块,就像进了铰肉机。他身上沾满了野牛的汗水和血水,虽然被压得透不过气来,但手是自由的,他沉着地把针头扎进野牛的大腿,把药水注射进去。与此同时,野牛又瘫倒在地上,它把最后一点儿力气都使完了。

兴奋剂要过20到30分钟之后才会起作用,也许注射得太晚了,牛坚持不了那么长时间了。

"你最好还是出来吧,"罗杰说,"它随时都可能站起来。"

"不,"哈尔说,"它已经筋疲力尽了。我只希望我们到头来别是竹篮打水一场空。"

哈尔像个焦急的母亲一样蹲在大公牛身旁,伸手探它的鼻息,一点气也没有。他更着急了。但过了一会儿,他的手上感到有一丝暖气,非常微弱,但至少说明,大公牛的心脏还在跳动。

哈尔检查了大公牛全身,看看哪儿有伤。他记在心里,准备以后为它治伤——如果它能活过来的话,恐怕这种希望很渺茫了。大公牛身上的汗凉了,凶狠发红的眼睛闭上了。如果这头牛死掉的话,父亲对他的评价可就差了。哈尔甚至可以想象出父亲会怎样教训他:"记住,你们来这里是要活捉野兽,而不是来屠杀它们。"他过去经常这样说。哈尔对这个凶神恶煞不禁产生了一点怜悯之情。他给它检查皮肤,从褶皱里挑出牛虱,白鹭没发现这些小吸血鬼。他再次伸手探它的鼻息,很久很久,什么也感觉不到。

罗杰透过隔栅向里张望,他笑着问哈尔:

"喂,给野牛当保姆的感觉如何?"但哈尔此时根本没心思开

15 给野牛当保姆

玩笑。

"我只希望我照顾的不是一头死牛。那克罗明是怎么回事，都过了这么长时间，它该起作用了。"

它的心脏是不是已经停止了跳动？作为一个自然学家，哈尔并不是不称职，但他还有许多东西要学，比如怎样摸到野牛的脉搏，他就忘了问问他的父亲。

又等了10分钟，焦急难耐的哈尔再次把手伸到牛鼻子下面。咦，是他的想象，还是真的？有股风吹到了他的手上，那风儿一阵暖，一阵凉。没错，它的心脏恢复了。

"它挺过来了！"哈尔叫了起来。

大公牛恢复得很快，呼吸越来越有劲。它的眼睛睁开了，第一眼看到的就是哈尔，不过那两只眼睛里先前那股敌意不见了。也许这头聪明的野牛明白，这个人本可以将它杀掉，但他没那样干。不管怎样，他还不是那么坏，也许还是个朋友呢！它感到哈尔的手在它的皮上翻弄，挑出那些令它又痛又痒的大虱子。它太累了，当它明白这个人对它没有歹意时，就又闭上了眼睛。哈尔悄悄地钻出兽笼。

"运回营地，"哈尔对马里说，"稳一点儿，别颠得太厉害。你还得把那辆福特拖回去。"刚才那头公牛钻进驾驶室里又蹬又踹，简直就像俗话说的，公牛进了瓷器店——一塌糊涂。

半小时之后，兄弟俩又在追捕另一头野牛。

那辆福特车留在营地了，那些坏了的零件，该修的修，该换的换。那辆兽笼车也留在营地，省得搬动兽笼时惊吓那头大公牛。

哈尔现在坐的是另一辆追捕车，椅子还是固定在前挡泥板上，车手是乔罗。马里和罗杰开着另一辆兽笼车跟在后面。

野牛群在离营地 1000 米以外的地方静静地吃草。哈尔选中了离牛群稍远的一头漂亮的大公牛。乔罗把车开到那头牛身边，哈尔利索地用绳圈套住了它的脑袋。

一切都很顺利。但接下来的事就难办了。大公牛并不喜欢脖子上的项链，它摇头晃脑想甩掉它。当这一招儿不灵时，它就开始跑，哈尔只能一点一点地放松绳子，就像钓鱼那样，不然绳子就会被拉断。

这时，大公牛又改变了策略，它转过身来，冲大卡车奔过来。

"迎着它，"哈尔大叫，"用保险杠撞它。"

用不着指示，乔罗是个老手。他知道，当受到野牛、犀牛、大象的攻击时，汽车必须正面迎击，因为正面受力汽车不容易被撞翻。而如果野兽迂回到侧面给它一下子，汽车很容易就翻了。乔罗不能让车侧面受到攻击还有一个更重要的原因，那会使哈尔的生命受到威胁，因为哈尔的捕手位置正对着大公牛。

"绕个圈。"哈尔边喊边比画。

乔罗好像要掉头，但地面上石头、土坎太多，一时转不过来。正在这时，引擎熄火了，哈尔的心一下子凉了半截！是发动机出了故障，还是乔罗做的手脚，哈尔永远也不会知道。但他很明白野牛很快就会冲上来把他踩成肉酱。他拼命地解身上的安全带，但越急越解不开。他朝乔罗大喊，乔罗踩下油门，引擎轰响了几声又停了，乔罗朝他挥挥手，好像在说，自己也无能为力。

15 给野牛当保姆

大公牛低着脑袋,这是攻击前的准备动作。它朝汽车飞奔而来,身后扬起一股尘土。乔罗已经跳下车跑到一个安全的地方。哈尔终于解开了安全带,刚爬上发动机罩,野牛就撞了过来,那张捕手椅被撞得稀烂,挡泥板也歪七扭八,沉重的汽车翻倒了,哈尔顺势溜下来跑开了。到这时,哈尔也没忘记自己的工作,他还抓着套杆,并怒气冲冲地责问乔罗:

"你刚才是想把我置于死地吧?"

"不,先生。"但他恶狠狠的眼睛在说"是的"。

"你自己倒逃得很快!"哈尔不客气地说。

"任何人都会这么做,"乔罗说,"为什么不,在那种情况下只能那么做。"

的确,车厢里的人都躲得远远的。哈尔也想不出那么做有什么不对,但他仍然怀疑乔罗。

大公牛不给他时间去想这些事,它蹿来蹿去,企图挣脱脖子上的绳圈。队员们已经把车翻了过来,大笼车也赶上来了。现在是两辆车上的队员合在一起对付这头最危险的野兽。哈尔已经将绳子的一头绑在汽车的保险杠上,他知道,无论多大个儿的人也无法拉住一头成吨重的野牛。

图图开始冒险,他跳到牛屁股后头,抓住了牛尾巴。大公牛猛一扭头想用犄角撞他。但野牛不是猫,够不着自己的尾巴,它也不是驴子,没有尥蹶子的习惯。有机会它会用蹄子踩,但踢不是它的特长。所以只要图图能抓住它的尾巴,相对来说还是安全的。

大公牛只顾转着圈追吊在尾巴上的那个人,忘了周围其他人。他们逐渐从两侧靠近，企图用绳子套住它的腿。当它追过来时，队员们只跳开几步就行了，因为它的脖子上套着的绳圈会把它拉住。

这个办法开始时还行，但后来绳子断了。大公牛拖着二三十米长的绳子拼命地追队员们。现在没有那根碍手碍脚的绳子拉着了，公牛便不顾尾巴上拖着图图，去追一个名叫肯约诺的非洲队员。肯约诺飞快地爬上了一棵树，但还是没能逃脱大公牛的报复。他吊在一根树枝上，而腿却能让大公牛的牙够着。但大公牛不用牙咬，它还有秘密武器，那就是它的舌头。野牛的舌头粗糙得像一把钢锉，更确切点说，是一把木锉，它能舔掉树皮，卷嚼硬刺、树枝、象草和硬邦邦的纸莎草。

大公牛开始舔那两条待在半空中的腿。肯约诺腿上的皮就像草纸一样，一舔就掉一块，有的地方肉都给舔掉了。就那么一会儿，两条腿就血流如注，肯约诺疼得大喊救命。

罗杰的反应从来就很快，他手上又有一根用来绊牛腿的绳圈，他一下就用绳圈套住了牛嘴。这样一来，他离牛嘴就很近了。他说："宁愿让它咬着了自己的舌头。"

肯约诺从树上跌落下来。两位队员把他架着扶到车上，其他队员继续想办法绊住大公牛的腿。一次一次地套，大公牛一次一次地跳开，最后，终于套住了它的两条前腿。绳圈收紧，大公牛扑倒在地，后腿掀得老高。图图早就留心了，他从其他队员手中抓过一根绳圈，就在牛后腿掀起的时候，他飞快地用绳圈将后腿套住。前后腿都被绑住之后，大公牛侧卧在地，拼命地喷着鼻子，就像鲸喷水一样。

15 给野牛当保姆

兽笼车开过来了,另一辆车停在兽笼车头的前方,一根粗粗的绳子穿过兽笼,绑在大公牛的前腿后边。前边的车慢慢朝前开,把拼命挣扎的大公牛拖上了搭好的板,最后进了笼子。

猎物被带回了营地,肯约诺的伤也得到了及时的处理。虽说哈尔不是医生,但他很热心。

16

野牛骑士——罗杰

"下一头让我来干吧。"罗杰可怜巴巴地哀求。

哈尔已经套住了两头野牛,罗杰认为现在该轮到他上阵了。

哈尔说不行。他一想到自己差点被野牛的大脑袋和汽车挡泥板给挤成肉饼,心里就害怕。

"这不是小孩子能干的事。"哈尔说。

"你叫我什么?请注意点自己的话,你这个自高自大的家伙,要不要我将一些常识敲打进你的脑袋!"

哈尔打量着弟弟,宽宽的肩膀,高大结实的块头儿。"小孩"长得太快了,要不了几年,弟弟就可以赶上哥哥了。

"也许我没权利叫你小孩,"哈尔承认,"不过——看看那张椅子。"

他拨弄着那堆曾经被叫作椅子的东西,压碎的木块,扭曲的铁条。这些碎片都牢牢地贴在挡泥板上,什么样的木匠也不能把它修复。哈尔将绑着的带子松开,取下这堆破烂儿扔了。他转身对罗杰说:

"假如刚才你就坐在这张椅子里,那个庞然大物就朝你冲过来……"

"你认为我会待在里边等它过来吗?"罗杰咄咄逼人,"你不是躲开了吗?躲了没有?为什么我就躲不开呢?"他看到哥哥没

16 野牛骑士——罗杰

有让步的表示,就说:"让爸爸说吧!"

他们来到父亲的吊床前,又争论起来。亨特这时身上正疼,但当他认真地听了兄弟俩的争论后,脸上现出了笑容。

"哈尔是怕你伤着,"他对罗杰说,"我当然也不想让你去受伤。但哈尔,你应该意识到,这个小朋友,你是这样叫他的吧,差不多已经是个男子汉了。我们当然不会阻止他成为一个男子汉,他只要能与别的男子汉一起干男子汉的事,他就会成为一个真正的男子汉。让他当捕手吧。"

罗杰高兴地欢呼"呵呵"。这就看出来了,他还是个孩子。他冲出帐篷找到设备车,又拿出一把椅子,立刻绑在一辆追捕车的挡泥板上。他又找来一根绳索,就像美国西部牛仔用的那东西。为了能用好这玩意儿,他已经练了 4 个小时。现在机会到了,看看他是否真能用这玩意儿捕获一头野牛。

乔罗正要爬上追捕车的驾驶室,哈尔把他拦住了。

"这一次你和我开笼车,换一换,让马里开追捕车。"

哈尔想把乔罗置于自己能看得到的位置上,乔罗可能是豹人,说不定半小时之前他的举动就是为了要自己的命。在乔罗身上有许许多多的"可能""说不定",但有一点是肯定的,乔罗是个好司机,也是个好猎人,只要没有证据证明他做了坏事,就要把他当做好人来对待。哈尔爬上车坐在他的身旁。

牛群已经躲到树荫下,天越来越热,有的牛躺在地上睡着了,站着的也眯着眼,还有一些泡在河边的泥潭里,美极了,所有的牛都待在那一块地方,这是出于安全的需要,只是那些个头儿最大的公牛,它们充分相信自己的力量,又讨厌那些母牛的哼

119

哞和小牛的哞哞，所以它们都远离牛群，而且各走各的。

罗杰看上了一头：那肩膀就像橄榄球队员的双肩那么英武，那脑袋坚硬得像保险柜的铁门。罗杰心想，这家伙一定是这一伙的牛王。他用手一指向马里示意：就它！

车向大公牛靠近，它慢条斯理气度非凡地走开去，不过当车越来越近时，踱方步变成了小跑，最后变成了狂奔。

马里的车穷追不舍，不管路上有石头、圆木或土坑，马里既不减速也不绕道。罗杰现在蹦得像个皮球，这是他第一次坐在车头的捕手椅内，他做梦也没想到过，坐在这椅子上会这么辛苦。虽然有安全带，但他本能地用一只手抓住椅子，这样就只能用一只手操作套索。

离牛越来越近，罗杰挥舞套索绳圈，在头顶上旋了三圈之后朝前抛去，最后套在一个刺丛上。如果不是马里及时刹车，那绳子就会把罗杰拉成两段。马里和车上队员哈哈大笑，后边笼车上的队员也放声大笑。罗杰满脸通红，自己是个多笨的捕手啊，瞄准的是大公牛，而套住的却是刺丛。

一个队员跳下车，从刺丛上取下套索。罗杰收回绳子盘好，马里的车又启动了。

大公牛停在不远的地方扭头看着罗杰，那丑陋的脸像在嘲笑——或者说在罗杰看来它似乎在嘲笑。它鼻中啪的一声喷出一股气，头猛一低，甩开四蹄跑了。汽车立刻追上去。

车子每颠一下，罗杰就要从椅子上蹦起十几厘米高。有一半时间他都处于腾空状态，就像飞行在太空的宇航员。每次落回椅子，都伴随着啪的一声响，把屁股蹾得生疼。

16 野牛骑士——罗杰

怎能指望一个人在这样又蹦又跳的车上使好套索呢?这比什么马都野!

又靠近了大公牛。他还要试,但他知道自己会失败。起码他可以选一块没有刺丛的地方再试。机会来了,他扔出的绳圈直向那硕大的黑脑袋旋去。当看到绳圈已经套住牛王的脖子时,他呜的叫了一声,那可是典型的牛仔式的欢呼。

绑在挡泥板上的绳子拉住了大公牛。车上的人都跳下来,企图制服这牛王,甚至两个车手马里和乔罗也下来了。这牛的确够大的,想把它放倒可不容易。

牛王已经转过头面对着它的敌人,一动不动,就像一尊牛的石雕像。它的两眼不停地转动,注视着两边的猎手。罗杰想,要是能蒙住它的眼,它不就没那么机灵了吗?他从车上找到一块毯子,朝牛王走去。还没等他靠近,牛王大吼一声,向上一蹿,像只黑色的气球,那绳子就像一根丝线,啪的一声就断了。它立刻向离得最近的一个人发起攻击,那恰好是乔罗。

人们吃惊得张着嘴,谁也不指望能挡住这股旋风。乔罗转身就跑,他油黑的身体在阳光下闪闪发亮。

乔罗和牛王跑到了罗杰身旁,罗杰一跳蹿到牛屁股后边,立刻抓住绳子。他根本不可能让这火车头般的大野牛减速,相反,他被牛王拖着在地上滑行:蹦上土坡,跌落泥坑,撞倒小树,穿过象草,不一会儿手上和脸上就伤痕累累了。他不能松手,这是他的牛,绝不能让它跑了。好在他刚才拿着一块毯子,现在正好裹住了身体。

突然,罗杰觉得自己停下了。这时他才感到浑身像散了架,他撑起上身，抹掉从额头流到眼上的血。他所看到的情景令他一跃而起，他得救乔罗一命。

牛王已经追上了乔罗并把他撞倒在地，牛角已插在乔罗的身下，头朝上一仰，乔罗就像一袋面粉飞向空中足有3米高，落下来正好摔在一块石头上，要是一般的人早就把腰摔断了。他挣扎着想站起来，刚用手和膝盖撑起身子，牛王的脑袋再次拱到他的身子下边，又一次甩脑袋，乔罗又飞上了天。乔罗跌到地上，已经无力站起来了。愤怒的牛王后腿蹬地，前腿高扬，朝它的敌人狠命踏去……乔罗挣扎着打了一个滚儿，而牛王再次奋扬前蹄。这是野牛最拿手的办法，不到猎物一动不动，粉身碎骨，它是绝不停止的。

看到这头凶残的野兽兽性大发，罗杰心里好像有一个声音在说："快离开！"而他却径直迎着危险跑上前去。

他的脑袋在飞速地运转。怎么办？他根本不是这头大野牛的对手。那块毯子他还拿着，但蒙不住野牛的脑袋，除非有人帮忙才行。他知道，大家正朝这边跑来，但还没等他们跑到，乔罗就没命了。

突然，他有了个大胆奇特的想法，也许能行：如果这里的野牛与西班牙斗牛场上的大公牛是远亲的话，那么它们也会朝挥舞着的毯子发起攻击。来不及细想，罗杰双手抓住毯子两角迎着风舞动起来。

牛王停住不动了，盯住这块飞舞着的红色东西。它"吭"的一声，喷个响鼻就朝毯子冲了过来，但它什么也没撞到，原先在那

16 野牛骑士——罗杰

儿的那块红东西不见了，年轻的斗牛士手臂及时地朝上一扬，牛王从毯子下面冲了过去。

牛王在转身子，啊，又在那儿啦，那红色的玩意儿竟敢惹它。罗杰胸中涌上一股胜利的喜悦，要是他能这样逗弄这头蠢货直到伙伴们赶到……

牛王冲过来了。这一次，风捉弄了一下罗杰，红毯子并未随着罗杰的手臂飘起来，牛王的角扎住了红毯子，从罗杰手中扯下来，甩在地上，紧跟着用前蹄狠狠地踩踏，就像刚才踩踏乔罗一样。看到毯子一动不动摊在地上，它嗅了一会儿，认定那玩意儿已经死了，便转身再去找乔罗。这时，乔罗正挣扎着想站起来。

伙伴们怎么还不来？罗杰感到好像过了很长时间，实际上只不过几十秒钟罢了。他听到伙伴们的声音，但来不及了。牛王正冲向乔罗，只要再挨牛王那重磅铁锤似的蹄子一家伙，乔罗就没命了。

罗杰跃到牛王前方，大声喊叫，挥动手臂，试图把它吓住。但罗杰即使能吓跑一块石头也吓不住这恶魔。

野牛低着脑袋径直朝他冲来，就在一刹那，罗杰本能地抓住了两只牛角。只要他抓得住那两只牛角就伤不了他。牛王愤怒地将头一仰，罗杰就像一支火箭飞到半空中。正在这时，狩猎队的队员们冲出树丛，看到了这一幕：他从空中掉下来的时候，就正正地趴在牛背上。队员们一拥而上，又喊又叫，有的拽牛尾，有的攀牛角，有的绊牛腿。牛王受不了这一套，它四蹄发力，挣脱了人们的纠缠，只有罗杰还骑在牛背上。他一只手抓住一只牛角，另一只手抓住了一个牛耳朵。他一旦掉下来，那牛王就会把

16 野牛骑士——罗杰

他踏成肉酱。

对付背上的不速之客,野牛颇有经验,这是生活积累的经验。狮子捕杀四足动物时是跳上其背,从背上攻击;豹子也是如此。一头聪明的野牛遭到这样的攻击时,会找一棵枝丫低矮的树,从树下冲过去,背上的敌人就会被树枝扫刮落地。这头野牛正朝一棵低矮的名叫莫拍尼的树下冲去。等到罗杰意识到危险时,已来不及反应了。只能待在牛背上直到被树枝打落地面,或者被挤压而死,掉到地上再被牛王践踏。这些情景闪电般地在他脑子里闪过。

他松开手,重重地跌落在一堆石头上。

牛王的急停技术非常漂亮。几乎就在罗杰落地的同时,它刹住了狂奔的身躯,并掉转头准备将敌人抵到石头上。它呼呼作响的鼻子这时离罗杰的脸还不到30厘米。罗杰从地上捡起一块石头——这是他唯一的武器——用尽全力,朝那抽动着的牛鼻子猛掷过去。

这是一种本能的反应,他根本没想到他做对了,正是歪打正着:牛鼻子是牛身上最嫩的部位。被击中这致命处的牛,一下子就软下来了。

牛王后退了。它的大脑袋两边摇摆,两只大眼睛不断地眨动,一副受惊的神色。它大概还不明白是怎么回事时,狩猎队员已经一拥而上,有的用绳索捆住它的脚,有的扳住它的角。它又跳又撞。人们瞅准机会先是绑住了两条后腿,继而两条前腿,牛王终于被掀翻在地。

汽车已经开过来了,费了点劲,因为地面石头和荆棘太多。

第一件事是把受伤的乔罗搬上车，他身上铺着的就是斗牛士罗杰的红毯子。

牛王也被拉进了笼车。图图钻进笼子割断了绑住牛蹄子的绳索，在牛王站起来前他就钻了出来，关好了笼门。

回到了营地，乔罗被送回自己的帐篷。哈尔来给他治疗，先是注射了一点吗啡，让他止痛。接着检查他身上的伤，有很多擦伤、割伤，但没有骨折。哈尔对挤在帐篷里的队员们说："他的骨头一定是橡皮做的，不然怎么受得了！他会好的。"

乔罗咧开嘴傻笑。那不像是乔罗，他过去老是愁眉苦脸的。

哈尔问他："你乐什么？"

"小先生。"乔罗望着罗杰说。然后他就历数了罗杰的英勇行为：拉着绳子让牛拖着满地跑，用毯子引开野牛，挡住大公牛护住乔罗，用手抓住牛角，当说到罗杰被大公牛抛到空中时，人们哄堂大笑。然后又说到罗杰如何摔趴在牛背上，又怎样松开手，跌在石头堆上，最后用石头打中了牛鼻子。

乔罗的幽默是非洲人的幽默，他的述说引得非洲人哈哈大笑。罗杰溜出了帐篷，听到人们还在笑，他不愿给人家当笑料。

但是他很快就发现，人们不是在取笑他，而是为他感到开心。人们碰到他时，向他点头，微笑，眼里充满着尊敬。他们为他感到骄傲，哈尔为他感到骄傲，他的父亲也为他感到骄傲。

他不理解，他做的事是不得不做的，是顺理成章该做的，在某种意义上说，不过是好玩的事而已。他现在想起来还觉得好玩，自己也笑出了声。

17 一袋毒药

一袋毒药

哈尔还记得他答应过再去看病中的头人。晚上,他溜出帐篷朝山上走去。

村里的人都回了屋,泥巴茅草房的门都已经关上。有些房子的小窗户透出室内火堆映出的一点摇曳的微光。其他房子完全黑了——人们睡下了。

哈尔悄悄地走过村子,没有理由吵醒村民——实际上,他就想悄悄的,特别不想让巫医知道。他明白,那个家伙恨死了他。如果是他治好了头人的病,那么村民们就不会相信巫医了。对巫医来说,头人最好死掉,那样他就可以说了:

"我说过会是这种结果吧!我跟你们说过,白人的坏法术会要了头人的命。你们要是听我的话就不会这样了。"

哈尔来到头人的门前,他侧耳细听,屋内一点声音都没有。他推开门进去,又轻轻地把门关上。屋内点着一根河马油蜡烛,光线昏暗。烛光照在头人的脸上,他睡得很沉。

哈尔想,他需要好好睡一觉,我不能吵醒他。我多待一会儿,也许他会醒来。哈尔走到一个黑暗的角落里坐了下来。

他倾听着病人的呼吸,有规律,正常。脸上的潮红没有了,汗收了,烧退了,也不再烦躁翻滚。哈尔医生开出的药很有效。

哈尔开始回想这一天所发生的一切。过了很久,他觉得自己也有点瞌睡了，他站起身，看了看表，已经来了一个钟头——没必要再待在这儿了，头人也许要睡到明天早晨才醒吧！

他正想走，却听到门外有些响动。他侧着耳朵听了一会儿，又没有声音了。是否听错了？没有，又响了，很轻的摩擦声，像是光着脚踩在沙子上的声音。

这时，门悄悄地、慢慢地开了，有人侧着身子溜了进来，小心翼翼地，一点声响也没有。会不会是头人的某一位妻子送食物来了？哈尔想开口说话，但灵机一动又忍住了。

门被关上了，像刚才一样，也是悄悄的。来人慢慢地走近熟睡中的头人。这人来到蜡烛前，哈尔认出来了，是巫医。

哈尔又想开口，又再次忍住了。巫医想干什么？他的左手拎着一个小皮袋子，而右手拿着一根尖尖的东西。巫医竖起耳朵注意地倾听，机警地打量着屋内的各个角落。然后他蹲下身跪在头人身旁。这时，哈尔已经可以清楚地看见他的面孔。呀！哈尔感到奇怪，竟然是这样一个丑陋的人，那模样简直比一头凶残的野兽还难看。

仍然有可能，这个人来这儿没有恶意。他也许就想跟头人说说话，或是送药来。巫医认认真真地审视着睡觉的那个人，然后，还没等哈尔反应过来，他就已经用手上那尖尖的东西轻轻地扎了一下头人的胳膊。

头人没醒。哈尔猜测，这根尖东西是豪猪毛的根部，由于它又尖又细，扎进皮肤几乎没有感觉。但巫医为什么要这么做呢？是治病，还是害人？

巫医放下豪猪毛，打开皮口袋，把一个指头伸入袋内，蘸出

17 一袋毒药

了一些黑糊糊的膏状物。他正要朝头人胳膊上的针眼里抹的时候，哈尔跳了出来：

"你想干什么？"

哈尔说的是英语，但喊声之大，起了两个作用：惊醒了病人，吓住了巫医，巫医就像一根木头似的杵在那儿。

头人一下子就看到了一切：草席上的豪猪毛，皮口袋，巫医手指头上的黑药膏，哈尔正从暗处走出来。

巫医跳起身，朝门口奔去。哈尔一把抓住他并把他掀翻在地，然后坐在他身上。这时人们从门口冲了进来，他们所能看到的就是他们尊敬的巫医被那个老好找碴儿的白人压在地上。人们把哈尔拉开，巫医翻身站起，骂骂咧咧地就朝门口跑。

"别让他跑了！"头人喊道，"把他带这儿来！"

男人们把门口堵住，但不敢去抓巫医。有一些胆大的抓住了他并把他推到头人跟前。

头人又说："放开我的朋友。"哈尔被松开了，他站到巫医的旁边。

人们静了下来，就像在法庭内等着法官宣判时那样。

"你们现在抓住的这个人，"头人平静地说，"刚才想结束我的生命。你们都看到了这根豪猪毛，我睡着的时候，他就用这个在我身上扎了个眼，在我的胳膊上还可以看到这个痕迹。把他的手指头亮出来，你们看到了上面的黑药膏。在他身上那些羽毛和兽皮中找一找，你们会找到一个口袋，毒药就装在那里边。"

口袋找到了。一个老人打开口袋，用一根棍子从袋中挑出一团黑糊糊、黏糊糊的东西，与巫医手指上的东西一样。他刚才就

17 一袋毒药

想把这东西涂在头人胳膊上的小洞上。

"你们都知道这是什么。"头人说。

"除了我之外。"哈尔说,"是毒药吗?"

"正是。"

"我刚才就猜它可能是毒药,所以才阻止他。"

"你干得好,"头人说,"如果不是你阻止了他,那么现在我的村民就要埋葬我了。"

"发作那么快吗?"

"一下子就要人的命。我们把它涂在箭头上,是用墨瑞楚树的汁熬成的。"

哈尔认识这种树。

"我经常见到这种树,"哈尔说,"我们叫它'阿科坎特兰树'(长在非洲的一种树,夹竹桃科,剧毒)。在它的树根附近可以看到蜜蜂、甲虫,还有蜂鸟等都是死的。"

"对,它们都是吸食了树的紫色的花粉后中毒而死的。"

"你们怎样熬制成箭毒呢?"

"用水把树皮熬上几个小时,就成了一种黏稠的、黑色的膏,再加上蛇毒、毒蜘蛛和一些有毒的草,还要放进一只活鼩鼱,然后再熬。"

"你怎么判断药力如何呢?"

"在一个人的胳膊上靠肩膀的地方割一刀,让血沿胳膊朝下流,用很少一点药点一下血流的下端。就这么点一下,血就会立刻变黑,而且一点一点地朝上走,黑上去。在快要到伤口的时候立刻把它擦掉。如果这黑色朝上爬得慢甚至停止的话,那就是说，毒性太弱；如果爬得快，那就是毒性强。"

巫医突然又喊又叫地说了一大通。待他说完，头人对哈尔说：

"他说那不是毒药，是好药。好吧，我们试一试就知道了。"

他给打开药口袋的老人下了命令，老人拿起豪猪毛在巫医的手臂上轻轻地划了一下，巫医拼命地反抗，但毫无用处。一条细细的血流从伤口沿着手臂向下流。老人用那根蘸了药的小棍碰了一下血流的下端，血立刻变成黑色，并且，那黑色以令人吃惊的速度朝上爬。

巫医扭动着身子想挣脱抓住他的那些手。这时他像个吓坏了的孩子，大喊大叫。头人口气强硬地对他说了些话。

"我对他说，"头人告诉哈尔，"除非他全部招供，不然3分钟后他就没命了。他必须承认他刚才想毒死我，并且要把原因说出来。"

黑色像一条蛇沿着血路往上爬，已经离创口不远了。

巫医的脸白了，眼珠子也鼓起来了，惊恐万状。他突然急促地说起话来。那条黑色的蛇正要爬到伤口处时，头人威严地喊了一声，老人立刻擦掉了上边的血迹。

"我们饶了他一命，"头人说，"虽然他不值得。他已经全部招供了。他嫉妒你的医术，他施了各种法术但医不好我的病，而你用那几颗白色的小东西就把我的病治好了。村里的人笑话他。他想让我死，这样他就可以说是你的药害了我。按他的罪过本应该被烧死，但我们这儿是个仁慈的村子。留他一条命，但他不能再留在我们这儿捣乱了。"

17 一袋毒药

判决立刻执行。这个谋杀未遂犯被责令收拾东西,然后被押送出了村。

哈尔回到了营地。

他睡不着,总感到事情不会就到此为止。临走以前他注意到了巫医那邪恶的眼神,他要能明白那意思就好了。亨特父子,特别是哈尔,很快就会遇到更多的麻烦了。

18

杀手的誓言

黑沉沉的夜晚，巫医走在荒野上，每棵树的后面，都可能有狮子、大象或野牛，他随时有遭到攻击的危险。这旅程不太美妙。每走一步，他心中的苦涩就增加一分，报复的心理也增加一分。他要让他们看看，惹了他这样一个聪明的巫医会有多么危险。

他并不是漫无目的地游荡。他知道要朝哪儿去，要去干什么。沿着弯弯曲曲的小路走了大约8000米，前边一块林地当中露出了灯光。他在林地旁边停住脚步，从那些大树下传来的声音告诉他，有很多人在这儿开会。

巫医知道他们是什么人，他就是他们中的一员。但任何人不经通报是绝不能直接走进豹团的会议场所的。如果谁想这么做，还没等靠近，他的胸部就会被一支毒箭射中。

巫医开始学豹子叫，学得惟妙惟肖。豹子有各种各样的叫法，有怒吼，有咆哮，有嘶鸣，但通常的叫声像是锯木头的声音。现在巫医发出的就是这种叫声，非常像一把钝锯在锯一段原木。每一声刷之后都会有沉重的吸气声，所以每一次叫声听起来就像刷——哈、刷——哈。

谈话声停住了，有人拿着灯笼走了出来，照了照巫医的脸。

"啊，是你呀，大人。你能来，我们真荣幸。"

18 杀手的誓言

那人领着他进了会场。他与头头们坐在一起。有人给他送来一套豹服，他立刻披戴起来。

一个奇怪的景象：20个人，每人都披着一张豹皮，头上戴着豹子面具，手上绑着弯曲的、豹爪似的铁钩，脚上系着一对豹掌。这样，不管走到哪儿，地上留下的都是豹子的足迹。

真像是一个奇特的梦，然而豹团绝不是想象力构成的虚幻景象。在中非和西非都还有它的存在。警察已经将豹团赶到山里去了，但它仍然存在。不同的分支有不同的名字，如什么"爱迪翁团"，什么"埃克皮豹团"，等等。3年里，在西非一个很小的区域就有196个男人、女人、儿童被豹团的人杀害。

什么原因？各地都有不同的原因。有时杀人的目的是教训一下有钱有势的村子；有时杀人的动机是对白人的愤恨。通常豹人杀另一个人的目的是要取他的心脏、眼球、耳朵或其他器官，他们认为这些可以入药，有特别的魔力。毫无疑问，大多数非洲人是善良的好人。每年都有更多的人上学，每年都有一些古老的迷信消亡。但是他们今后的任务仍然很艰巨。想想看，刚果从比利时统治下独立的时候，这个比它的宗主国大87倍的国家总共才有16个大学毕业生。

数以百万计的非洲人从未上过一天学。没受过教育，他们就会相信奇奇怪怪的事情——豹人可以变成豹子啦；吃一个强壮的人的心脏你也可以变强壮啦；白人不可信赖啦；等等。

豹团的一个头头站起来说话了：

"我们的领袖是刚来的这位朋友，现在请他说说我们该遵从的事。"

巫医站起来。对这个人,就连豹团的人都害怕,因为他会施魔法。人们尊敬地、默默地听他讲话:

"你们当中的一个人,没有遵守誓言,他庄严地保证过要杀人,但他没有杀。他的名字叫乔罗。我要他站起来。"

乔罗慢吞吞地站了起来。他穿了一身豹子团的伪装,一点也不像亨特狩猎队的那个乔罗。他除了披着一张豹子皮、手上绑着钢爪之外,胸膛上还涂有各种奇怪的颜色,脸上也涂抹了颜色,使他看上去更像他所代表的那种凶残的野兽。而眼下,他的脑袋低得就像一个做了错事的小学生。

"一星期之前,"巫医说,"你,乔罗,参加了一个神圣的仪式,你宣了誓。你的誓言是什么?"

乔罗可怜巴巴地看看四周,低声说道:"我发誓要杀死我们狩猎队的3个人。"

"他们是谁?"

"一个父亲和两个儿子,亨特一家。"

"你履行你的誓言了吗?"

"我下过手。那是在一条独木舟上,父子三人和我。河中有河马和鳄鱼。河马攻击独木舟,我反着划桨让河马能撞到小船。小船都被撞碎了,那3个人被抛到河里,我让鳄鱼去对付他们。那个父亲差点就完了,但其他人把他救了上来,到现在还躺在床上,半死不活的。我没办法。"

"这就完了吗?"

"没有。我又采取过行动。兄弟俩中的哥哥坐在捕手椅上,一头大公牛向车发起攻击,我停住车原地不动,好让大公牛能撞

18 杀手的誓言

扁他。但野牛只撞坏了椅子——人跑了，他太快了。"

"两次失败。"巫医冷冷地说，"还有什么？"

"那个弟弟，我本打算让一头野牛干掉他。"

乔罗没有再说下去。

"说下去，"巫医命令道，"你的计划实现了吗？"

"相反，倒是我差点没命了。是那个孩子救了我，要不是他，我现在就不可能站在你面前了。他不过是个孩子，但非常勇敢，已经是个男子汉了。3个人都是好人，我不能杀他们，请你解除我的誓言吧。"

"这不可能。"巫医恶狠狠地说，"如果你不实现你的誓言，你必须死。"

这个威胁似乎并没有让乔罗害怕。他抬起头看着巫医，一副挑战的神情。

"那就按你的意志来吧，死一个人总比死3个人好。"

"不会是死一个人，"巫医说，"你还有妻子和4个孩子，如果你不履行你的誓言，你们一家六口的命就是代价。"

乔罗的脑袋再次垂到胸前，一副失败和悲伤的模样。他的同伴们看着他，等待着，谁也没有动一下，好像连呼吸也停止了。巫医也在等着，他的眼里闪着得意的光芒。他知道他赢了。

终于，乔罗开了口，但头没抬起来，他低沉的声音充满了悲哀：

"我再试一次吧。"

19

地球上最高的动物

"长颈鹿!"马里冲进亨特父子的帐篷大声喊道。

这时天刚蒙蒙亮。哈尔和罗杰真想多睡一会儿,昨天已经够忙活的了。不过,长颈鹿的消息立刻驱散了他们的睡意。

哈尔问:"在哪儿?"

"就在营地前,一共5只。"

亨特说话了:"真想能帮你们的忙。捉住一只长颈鹿可不容易,孩子们。要办得到的话,最好抓住两只,一只公的、一只母的。里约热内卢动物园想要一对。"

罗杰嘟嘟哝哝地说:"他们出的钱够多吗?值得我老早爬起来吗?"

"你愿意为6000英镑起床吗?"

罗杰两眼睁得老大。兄弟俩跳下床,忙不迭地穿衣服。罗杰的裤子穿反了,开口处穿到了后面;哈尔撑断了靴带。

人们会说他们是财迷,通常他们并不是财迷,但这样的机会可不是每天都有的。不到两分钟他们就冲出了帐篷。

啊,在那儿,离营地不过一两百米。5只漂亮的长颈鹿,4只成年的,一只幼崽。多大的一只幼崽呀,一生下来就有两米高。

5只长颈鹿都非常好奇地朝营地张望。有人说,好奇心会使

19 地球上最高的动物

一只猫丧命,要这样的话,地球上的长颈鹿早就死光了。世界上没有什么动物比得上长颈鹿更富有好奇心的了。哈尔还记得本地人讲的有关长颈鹿好奇心的故事。刚开始,上帝只给了它们长腿,脖子还是跟其他动物一样短。但长腿站起来那么高,它们就看不到树下的东西了,所以就想从树顶上朝下看。它们拼命地伸长脖子,伸呀,伸呀,伸得越长就看到得越多,现在它们的视线已经可以超过树冠平整的合欢树顶了。如果它们的脖子还继续朝上长的话,有一天,就可以直接够到天了。讲故事的人是这么说的。

在朝阳的照射下,它们那有深褐色斑点的金黄色的毛皮真是灿烂辉煌。

"我真想知道,"罗杰说,"长颈鹿是如何把血液压上那摩天大楼一样高的脖子的。"

"大心脏,它的心脏有你的40倍大,重量达25磅,它的血压是世界之最。它的颈静脉粗达5厘米,血流经过这些血管就像救火水龙带里的水似的。"

"但如果它们把头低到地面会怎么样?那么高的血压不把脑袋给爆了?"

"不会,它有一套巧妙的阀门系统,可以将血流控制住。别担心,大自然已经给它把一切都安排好了。"

哈尔和罗杰听到身后传来"哼"的一声,转身一看,原来是比格上校。他身上挎着枪。

"你们这些小家伙了解长颈鹿吗?"他得意地说,"我告诉你们,这是地球上最傻的动物。瞧那长长的、瘦瘦的腿,有什么用

19 地球上最高的动物

呢？用板球棒一敲，就会像根草一样折断。还有那脖子——简直可以用它打个结。它们除了树叶什么也不吃，也不会吼叫，一点都不危险。跟你们说……"比格上校越说越觉得自己了不起。至今为止，他想证明自己是个伟大猎手的努力都失败了。现在正是机会——他相信，这些脆弱的、可笑的次等动物不是他的对手。他听人家说过，长颈鹿就跟耗子一样胆小。想到这里，比格上校更得意了："如果你们想抓它们的话，我跟你们一块去。我可以教教你们，对付那些活动电线杆太容易了。"

"既然那么容易，"哈尔说，"你就不必带枪了，我帮你背着吧。"

比格上校极不情愿地把枪给了哈尔。他把帽子弄歪点，显得很神气。他很喜欢这帽子，因为它把他装扮成一个地道的职业猎手。

"谁想要枪！"他装模作样地说，"我只用两只手和一根绳子就够了。来吧，小伙子们，我让你们看看，真正的狩猎是什么样子。"

兄弟俩和比格上校以及狩猎队的其他队员坐上一辆路虎越野车和一辆贝德弗兹大卡车朝长颈鹿开去。卡车是4吨的，上面有一个大笼子专门用来装这种世界上最高的动物。笼子四周有5米高，但没有顶，这样，长颈鹿的脑袋可以伸出笼子。

"直冲进去！"比格对驾驶员马里说。

"不。慢慢来，不要吓着它们。"

马里可以执行二者之中的任何一个命令，但很清楚他认为罗杰的主意合乎情理。他开着车尽可能慢慢地朝那些好奇的动物驶去。当车子来到离长颈鹿约 15 米处时,长颈鹿有些不安了。马里立刻停车。

罗杰此时可以仔细地打量它们。比格上校说不定是对的——这些长颈鹿看上去很温柔,没什么危险。美丽的大眼睛温柔得像女孩子,那黑油油的眼睫毛又长又美。

"好像是用了睫毛膏似的。"罗杰说。

这些长颈鹿是属巴林古型的,即所谓五角长颈鹿。头上确实有 5 只角,但只是几个被毛遮住的、突起的小硬块,一点也不危险。罗杰问马里知道那些角吗。

"不过是装饰,"马里说,"长颈鹿不用角来打斗。"

"长颈鹿本来就不是打斗的动物。"比格插话。

马里笑了:"会让你大吃一惊的。长颈鹿虽然不用角,但却用头的侧部撞击敌人。由于它的脖子很长,摆起来分量极重。我就见过一头长颈鹿只是把脖子那么一甩,就把一只豹子撞死了。"

"牛皮大话。"比格不屑地说,"它连一个苍蝇也打不死。看那头张嘴的,喂,它没有上门牙!"

"对,"马里说,"但后边有很多臼齿,你看不到。瞧,那头鹿正在吃一棵带刺的树,要嚼碎那些刺必须有好牙齿。"

"还得一条好舌头。"罗杰对那条 40 厘米长的舌头伸出来又卷进去,印象极深。10 厘米长的刺,一卷就进到嘴里,然后由臼齿将它们磨碎。在这一点上,长颈鹿也与一般动物不一样。鲸有一条大舌头。但陆地上的动物中除食蚁兽之外,没有任何动物的舌头有长颈鹿的那么长。

"这个蠢家伙还有一个特点,"比格一副了不起的模样,"它

19 地球上最高的动物

叫不出声。"

"你说什么!"马里反驳道,"很多人都是这样认为的,但实际并不是这样的。长颈鹿可以叫出哞或打呼噜的声音。"

比格哼了一声,"了不起,是嘛!一头高达6米的动物只不过叫一声哞或打一下呼噜!就连一只豺的叫声也比那大得多呀!"

马里转过身子对着比格说:"也许,长颈鹿不需要叽里呱啦。动物也像人一样,有的人就是会叽里呱啦,而实际上什么也干不了!"

比格瞪着马里,说:"我要你说话文明点,你知道你是什么人,你这黑鬼!如果你认为我只会说不会干,那你就看着吧!"

他打开车门坐到了捕手椅子里。罗杰真感到失望,本来他想自己来当捕手的。

"开车!"上校大叫。

"把安全带绑好。"马里说。

"用不着,不会颠多久的。这些家伙像蜗牛似的,上!跟上那头大的。"

马里踩着油门。那条雄性大长颈鹿低下头,用它的大眼睛盯着汽车,随后就慢慢地转身,笨拙地朝远处跑开。真的很笨拙,先是两条前腿朝前跳,然后是两条后腿再往前跳,就像是电影中的慢动作。

"笨家伙,立刻抓住它!"

罗杰看着速度表,时速开始才15千米,然后升到30千米,再升到50千米,而长颈鹿仍不紧不慢地跑在车的前面。比格在捕手椅中被颠得蹦上蹦下,就像锅里正炒着的爆玉米花。

比格大叫:"喂,停下!"

但罗杰用肘推了推马里,马里做了个鬼脸,又踩了一下油门,速度表显示时速64千米。现在与长颈鹿并排了。长颈鹿没有一点累的样子,它每跳一步可以迈出五六米远。比格想举起绳套,但毫无办法,因为他的双手得紧紧地抓住椅子。

前边突然出现了一堵厚厚的灌木丛构成的墙,长颈鹿无路可走,想在汽车前面横穿过去跑到另一侧开阔的地方,但已来不及了。没有其他办法,只有跳过汽车。它真的跳了。

看到这样一个庞然大物从头顶上飞跃而过,比格吓得哇哇大叫。他缩在椅子里,心想这一下可要被撞成肉酱了。长颈鹿本身就有汽车的两倍那么高,它朝上一跳就像是飞在空中。它跳起来很轻松,但跳不远,落下来的时候,一只蹄子正踏在车顶上。

车顶是由坚硬的钢板做的。比格做梦也没想到,就是那样一只瘦骨伶仃的蹄子,一下就把这钢板车顶蹬穿了。他不知道这种看上去弱不禁风的动物体重可达两吨。两吨的力量加在这一只蹄子上,砸在车顶就像一把刀子戳进牛油一般。

上校的帽子放在罗杰旁边的座位上。那只蹄子差不多有帽子那么大,又正好踏在帽子上,帽子立刻成了一块薄饼。

长颈鹿的腿一踏穿车顶就跳开了,不顾一切地朝远处跑去,它的腿只被钢板划破了几个地方。马里掉转车头紧追,车速达64千米每小时。路面非常糟糕,罗杰朝捕手椅望去,上校不见了——他已经被颠出去了。

马里停住车,倒车往回找。比格上校摇摇晃晃地站了起来,他根本就不想再爬进捕手椅。

19 地球上最高的动物

"好了,小家伙,"他吃力地说,"别等着我干完一切,该你了。"

罗杰笑嘻嘻地爬出车门,爬进捕手椅,牢牢地系紧安全带。比格爬上车坐进驾驶室,他看到自己那薄饼状的帽子,顿时目瞪口呆。

颠簸着的汽车追赶着悠然飘行的长颈鹿。突然,长颈鹿猛一拐要避开什么东西——从高高的草丛中蹿出5头狮子。它们朝长颈鹿追去。狮子与人的口味一样,都认为长颈鹿的肉很好吃。

狮子是长颈鹿的危险敌人。单个的狮子不太敢攻击长颈鹿,但一群狮子一哄而上,就可能获得一顿味美的长颈鹿肉的晚餐。

长颈鹿累了。狮子迅速地围了过去。

"你们会看到,"比格说,"不用10秒钟,它们就会把长颈鹿撕成碎片。"

一头狮子想跳上长颈鹿的背,但摔了个仰八叉;另一头跳起来想咬喉咙。长颈鹿脖子一摆,那千钧重锤般的脑袋撞在半空中的狮子的肚子上,狮子飞出老远,掉下来后已分不清东西南北了。

有两头狮子朝长颈鹿的前腿扑去。长颈鹿抬起腿,使劲往下踏去。很明显,那力量足以造成严重的内伤,两头狮子跑开了。而真正厉害的是它的后腿,以两吨重的力量朝后飞起一脚,一头狮子的脖子被踢断立刻丧命,另一头被踢得翻了好几个跟斗。

汽车已经开到近处,那些还能动的狮子躲开了,长颈鹿还警惕地盯着它们。罗杰的机会来了,他甩出绳圈,正好套住了长颈鹿的长脖子。长颈鹿狂怒地朝罗杰奔来。正在这时,另一辆车也赶上来了。哈尔怕弟弟受到伤害，立刻用麻醉枪朝长颈鹿的大腿射击。

过了一段时间，药力发作，没费什么劲儿就把它拉进了笼车，笼门关上了。车向营地开去，速度很慢，主要是怕铁栅栏把它美丽的皮毛擦伤了。

又捉到一头母长颈鹿，就是有一头两米高的幼崽的那一头。捉这头幼崽基本上不费什么力气，它看到妈妈在笼子里，也就跟进去了。

这样，兄弟俩可以向父亲报喜了，不但捉到一头公长颈鹿，一头母长颈鹿，还有一头幼鹿。

"但我想这幼鹿值不了几个钱。"罗杰说。

"别这样想。"他父亲说，"它会带来与成年鹿一样多的钱，也许更多。我看里约热内卢动物园会很高兴地一起买下这头幼鹿。长颈鹿非常强壮，你们已经看到了，但它们的神经很脆弱。两头成年鹿走这么远的路，很容易紧张，甚至会生病。但小家伙没关系，只要能与它妈妈在一起就行。这三个当中，它是最好的收获。顺便告诉你们，在你们出去的时候，图图捉到了一条蟒蛇，现在在蛇笼里。真漂亮，应该能卖出与长颈鹿一样的价钱——如果我们能将它活着送到动物园的话。已经够一船的货了，这个周末'袋鼠号'货轮将要抵达蒙巴萨。我想，明天早上我们就可以把捉到的动物朝那儿运，以便赶上装船。"

20 致命的豹子须

兄弟俩正在观看大蟒蛇晚餐。

这条蟒蛇有近6米长,有罗杰的身子那么粗。身上五彩斑斓像道彩虹,优美的线条宛如少女。但现在,它正像一只黄蜂似的发狂。

笼子里有10个人。一个抱着蛇头,一个搂着脖子,其他人挨个抱住蛇身直至蛇尾。人们力图将蟒蛇拉直,而蟒蛇却拼命扭动身子想缠住某个人。要是真的被它缠住了,那可就没命了。蛇头的前方是图图,他试图用扫帚把将一块一块的肉塞进蟒蛇的喉咙。刚被抓到的蟒蛇又惊又怕,不吃东西,如果不强制喂食,就可能会饿死。

图图执行的是项危险的任务。蟒蛇无毒,也不会蜇人,这是事实。但它会咬,而且那些牙都是朝里弯的。一旦咬住你的手或脚,就会牢牢地卡住,除非将蟒蛇打死,不然你就别想挣脱出来。

因此,图图每次将肉放到蟒蛇的口中时,都非常非常小心,手千万不能被那些可怕的牙齿咬住。必须用扫帚把将肉推进蟒的喉咙,并要慢慢地推进它的食道,否则,它就可能把肉吐出来。为了防止它吐出来,人们在它的喉咙那里绑了一根带子,正好绑在那块肉鼓起的包的前边。随后,队员们用手给蟒按摩,直到把那块肉送到蟒的肚子里为止。肉进到肚子以后,还得在前边绑上另一条带子,以防止那块肉被蟒像炮弹出膛一样喷出来。

这种麻烦的事得反反复复去做。每喂一块肉,就先松开第一条带子,让肉进入喉咙,再绑紧。然后把肉推送到肚子,松开第二条带子,让肉进入胃,再绑上。而第一次,随着蟒蛇身体的扭摆,10个人一会儿被推到这边,一会儿又被带到另一边,就像在跳一种奇特的原始舞蹈。

全部肉块喂完后,第一条带子可以取下,而肚子上的那条还得多绑十几分钟,让强烈的胃液起作用,肉就不会被吐出来了。

蟒喜欢水,所以笼子里有一个大水槽。人们一离开,它就立刻溜进水槽里。它终于平静下来了,舒舒服服地躺在水里,只把头露出水面。

兄弟俩再往前去看长颈鹿,它们也在进餐。餐桌有5米高,确切地说并不是"桌",而是几个盒子,绑在笼子的上部,里面装满了金合欢树叶。

为什么要将食物放那么高?因为长颈鹿习惯于吃树顶上的叶子。它们一天到晚都在吃,如果那长脖子长时间地垂着,就会受不了,甚至会死掉。

河马很高兴。在没有河让它浸泡打滚的条件下,能这么高兴就不错了。它的笼顶上铺满了棕榈树叶以遮住阳光。

来到关着三头大野牛的笼子,其中两头还是像过去一样怒气冲冲,只有哈尔照顾过的那头,友好地对他哞了一声。

鬣狗在笼中走来走去,低垂着脑袋,一副心事重重的模样。

两只小豹子,楚楚和翠翠,用不着关进笼子,它们在营地里

20 致命的豹子须

与露露,还有那只小狒狒,玩得可疯了。而老狒狒巴贝妈妈则坐在那儿注视着,如果儿子玩得太野,弄翻了厨子的锅碗瓢盆,它就要去打一巴掌,然后用狒狒的语言教训儿子:"规矩点!"

它们那一群狒狒,约有 300 只,每天都来到营地的边缘,似乎要说服它:"你为什么不跟我们一起回到树林里去呢?"

但它都礼貌地拒绝了。它愿意留下来与救了它儿子命的朋友在一起。那些狒狒好像也明白这一点,因为它们也经常来这里看望这些人类朋友,人们扔给它们的很多食物无疑更加深了这种友谊。

在一些小笼子里还关着一些小动物和鸟类。这是大家利用空闲时间捕到的,有獴、蜜獾、豺、丛猴、疣猪、鹅鹅、鹳、鹭鹰。

那么多的收获,意味着他们付出了艰苦的劳动,有时还有危险,但这是值得的。

兄弟俩坐下来吃晚饭时,都感到非常满意。他们觉得,那些非洲朋友干得真不赖。看到父亲已经能一歪一跛地走出帐篷和他们一起吃饭,他们更高兴了。

就在他们等着厨子把饭菜端上来的时候,哈尔注意到,乔罗在帐篷背后与一个陌生人在说话。那人是个黑人,他们好像在激烈地争论。陌生人拔刀挥舞着,那情景令人害怕。哈尔想上去帮乔罗,但又决定再等一等,看看到底是怎么回事。由于父亲与罗杰坐的位置背朝着帐篷,所以只有哈尔一个人看到了这一幕。

陌生人似乎镇住了乔罗。乔罗伸出手做了个手势,好像在说:"好吧,我就按你说的办。"随后乔罗走向供应车,钻了进去。不一会儿就出来了,并慢慢地走向营火。火上正炖着一锅羚羊肉,这是晚饭的一道菜。厨子正忙着做其他的菜。乔罗背对锅站着，双手放在身后。

乔罗会不会将什么东西放进锅里？

不一会儿乔罗就走开了，脑袋耷拉着。如果他干什么事的话，看得出他不是情愿干的。

厨子已经把水果端了上来。罗杰和爸爸狼吞虎咽地吃着香蕉和芒果，而哈尔什么也不吃。

"怎么回事？"罗杰问哥哥，"没胃口？"

"别回头，出了些有趣的事儿！"哈尔说。厨子已经将羚羊肉盛到盆里，将盆搁在饥肠辘辘的亨特父子面前。罗杰迫不及待地就要往嘴里送，哈尔大声说："等等！"随后他转身对父亲说，"爸爸，你看这炖肉有没有问题！"

"为什么会有问题？"

"也许没问题，但我刚才看到乔罗在锅里放了什么东西。"

"味道倒是很香。"亨特说完用汤匙舀起一勺仔细地看着，"不像是放了毒药的。"

"哈尔的想象，"罗杰又说话了，"吃吧！"

"慢着！"父亲警告说，"这是些什么毛，像是一小截一小截的硬毛——是砍断的。"他看了一会儿，沉下脸说："我怎么也不相信乔罗会干这事！"

"干了什么？"罗杰想吃饭，有些不耐烦。

"我稍后再解释。而现在，我要考验乔罗。我肯定他是豹人，但我仍然不相信他会要我们的命。假装什么事也没发生，装出吃的样子——但千万别真吃。"

20 致命的豹子须

151

亨特用汤匙搅了一下香喷喷的炖肉,随后舀起满满的一勺,慢慢地送到嘴边。

"先生!"有人在喊,是乔罗,乔罗快步来到桌旁。

"什么事,乔罗!"

"两头河马,在岸边——不远。"

"现在别打搅我,"亨特说,"吃完饭我们再去看。"

"但它们会跑到河里去的,那就很难捉了。"

"吃了饭才会有劲儿,不会有困难的。"亨特坚持要先吃饭,又做出要吃的样子,"真是香。"

乔罗阻止了他:"不,不,不好吃。厨子弄错了,他煮的是臭肉,吃了你会生病的。"

"胡说!"亨特说,"这头羚羊是今早猎到的,非常新鲜。"

乔罗越来越激动:"我求你——别吃!"但父子三人不听他的劝阻,又低下头将嘴凑近碟子。乔罗惊慌失措地一把抢过罗杰的碟子,将肉全部倒在地上,紧接着把亨特和哈尔的碟子也全部倒空。厨子来问是怎么回事,乔罗受不住了,哭了起来,身子不住地抖动。

"是我干的,"他承认说,"厨子与这无关,我干的。我把要命的东西放进去了。"他身子在颤抖,像发高烧的病人。

亨特从座位上站了起来,用手抚摸着乔罗那抖动的肩膀。

"振作起来,乔罗,我们理解你。我知道你是个豹人,那天晚上在树林里我就猜到了。我知道,豹团是如何控制它的成员的,他们要你发誓杀人。好了,一切平安——我们一点胡子也没吃,你也不必担心了。"

20 致命的豹子须

"胡子?"罗杰大叫一声,瞪大双眼看着父亲,就像父亲突然得了神经病。

"对,就是胡子。乔罗,把豹皮拿到这儿来。"

乔罗迟疑了一下,还是回到供应车那儿去了。回来的时候,带来了一张豹子皮,就是那天晚上被哈尔淹死的那头豹子的皮。

亨特将豹头抓在手里,使它面朝上,让哈尔和罗杰看个明白。

"看出什么问题了吗?"

"不太像原来的模样,"哈尔说,"特别是嘴巴附近。"

罗杰看出了区别:"毛!嘴巴旁那些白色的硬毛没有了。"

"对了。你们还要注意,不是剪掉。是连根拔掉的,然后斩成小段,将它们放进食物里。"

"但那么一点点豹子毛能伤人吗?有毒吗?"

"一点毒也没有,但同样能要人的命。它们在胃里不会被消化,反而会刺穿胃壁,产生囊肿,发炎,导致腹膜炎。非洲人叫不出这病的名字,但他们知道,人把豹子胡须吃到肚子里之后会疼得要命,最后死掉。"

哈尔发现乔罗看着远处的树丛。他顺着乔罗的视线看去,一眼就看到了那个陌生黑人。那人满面怒容,立刻转身跑掉了。

哈尔告诉父亲他刚才看见的事情。

亨特说:"他会回去向豹团报告乔罗拒绝执行誓言。"

"那他们会怎么样?"

"我不知道。有一点可以肯定,他们一定会采取行动,不管是什么行动,肯定是我们所不喜欢的。"

21

深夜袭击

这是一个令人不安的下午。

兄弟俩忙着装车,准备把捕获的动物运到码头去。不管多么忙,他们也摆脱不了身处险境的感觉。他们警惕地注意着每一个出现在树丛中的黑人。罗杰耸耸肩说:"我随时准备在背上挨一支毒箭。"

他们干了几个小时,也等了几个小时。太阳落山了,天边一片辉煌的火红色。草原沉寂下来,林中和河边一片宁静。小鸟的啾啾声已是睡意绵绵,一头疣猪喷了个响鼻,吹来一阵微风,好像草原上奏起了音乐。

罗杰把他的希望说了出来:"大概不会有什么事吧!"

"不管怎么样,今晚得小心。你到那边草里去睡,我睡这边。"

罗杰走过支成一排的帐篷,在营地一侧的草中躺下。他支棱着耳朵倾听着每一个细微的响动。真有意思,站岗是个好主意,而且是躺着站岗。

一个小时过去了,又一个小时过去了。他打起瞌睡来,睡着了,还做了个梦。他梦见自己正在一座城堡的墙头站岗,周围毒箭嗖嗖地飞过,又不太像箭飞过的嗖嗖声,倒像是着了火的噼啪声。城堡虽然是石头砌的,也着了大火。罗杰惊醒了。

21 深夜袭击

真的是噼噼啪啪的响声。他站起来,看到树林起了火,风正把大火朝营地这边吹。

除了噼啪声之外,他还听到了另一种声音,是豹子那种拉锯似的奇怪的叫声。另外一头豹子也叫起来了,而后四周都是豹子的叫声。营地好像被豹子包围了。

罗杰跑进他父亲的帐篷,发现哈尔已在里面,正向父亲报告他看到和听到的情况。

"不是豹子,"亨特说,"他们是豹人。我看,整个豹团都到这儿来对付我们了。他们借助火才能对付我们。如果火烧到营地,我们捕获的所有动物都得完蛋。把人喊起来,叫他们把车开到营地那一边去避开火。"

"你看我们的人能帮我们对付豹人吗?"

"天晓得!他们怕豹人怕得要命。叫乔罗到这儿来。"

不一会儿乔罗就来了。

"乔罗,"亨特说,"该决定了,是帮我们还是帮他们。你要帮他们的话,你和你的家人就不会死。如果帮我们,他们会杀掉你、你的妻子和孩子。我不能叫你如何如何,你要有行动的话,就该立刻行动。"

乔罗不说话,转身跑出了帐篷。

马达轰鸣,装着动物的车朝营地另一侧开去。整个树林都烈焰腾腾,风一直把大火朝营地这边吹来。豹子叫声越来越近,火光中已经可以看到披着豹皮的人影。罗杰暗暗高兴的是,他们都没拿弓箭,但他已看到了他们手上那钢爪的反光。当然喽,他们不会用弓箭,因为在他们的想象中,他们已经是豹子,而真正的豹子只用爪子和牙齿。

他们冲进营地的时候，可以闻到一股强烈的豹子的臊味，因为他们从头到脚都抹上了豹子油。

有一只"豹子"直接朝罗杰冲来。只剩一米多远时，他纵身一跃，扑向罗杰，就像一头豹子扑向一头羚羊。

豹人也许认为，这样一个孩子最容易成为他的牺牲品，但罗杰的块头和力气可比实际的年龄大得多，何况罗杰还会几手日本的柔道。面对豹人的猛扑，罗杰一闪而过，而那豹人却一头栽在硬邦邦的地上，动弹不得。自以为是豹子的豹人，此时此刻不可能再像豹子啦！

罗杰扭头一看，哈尔正与3个豹人搏斗。哈尔的脸已被钢爪挠伤，血顺着面颊往下流。罗杰扑了过去，并立刻绊倒了一个豹人。罗杰一屁股坐到豹人身上，那人身上的臊味熏得罗杰差点晕过去。这时，哈尔一拳打在另一个豹人的太阳穴上，剩下的一个扭头就跑了，大概是去找好对付的人去了。

狩猎队队员们怎么样呢？情况不太妙。有些人勉强在反击，另一些人站在一旁发抖。在他们的心中，这些家伙就是豹子，或者是恶鬼，或者既是豹子又是恶鬼。但乔罗——他本身就是豹人，却不站在豹子团一边，他正竭尽全力打击豹人。他紧紧地把守着亨特帐篷的门，谁也别想进去。他很有经验地闪开那些钢爪而把对手摔倒在地。好几个家伙被他摔在一起，你压我挤地挣扎。他每摔倒一个就朝狩猎队队员们喊叫，要他们来帮忙。帐篷门的遮布打开了，亨特出现在门口。他那么虚弱，站都站不稳，更别说搏斗了。乔罗用力把他推回帐篷。

21 深夜袭击

另一位勇士出现了。比格上校拿着枪跑出帐篷,开了两枪。他的准头太差了,没打着豹人,却差点打中了狩猎队的队员。他的脸上只挨了一下豹人的钢爪,就号叫着蹿进了帐篷。

只靠哈尔、罗杰和乔罗,以及另外两三个忠心耿耿的队员,无论如何也打不过20多个手套钢爪的坏蛋。

援军来了,而且是意想不到的援军。300只尖叫着的狒狒冲进了营地,它们是被火从树林中赶出来的。它们怕火,原指望曾经保护过它们的狩猎队队员这次也会保护它们,但在营地中却发现了它们最怕也最恨的东西——豹子。豹子是狒狒的死对头。从那些豹人身上发出的气味刺激着它们的鼻孔。狒狒一拥而上,每一个豹人都遭到十几只甚至几十只狒狒的攻击,只要哪个豹人的身上还空出一块能让狒狒咬住的地方,就会有更多的狒狒扑上去。

豹人抵挡不住了,纷纷四散逃命。然而不管逃到哪儿,都会有很多狒狒围住他们。

有一个吓得要命的豹人看到大卡车上有一只大铁笼的门开着,立刻钻了进去,其他豹人也蜂拥着钻了进去。乔罗朝大笼车跑去,哈尔看见了,以为乔罗想跟豹人们的在一起。乔罗才不会那么干哩,他抓住笼门一推,砰的一声,门自动锁住了。

看到豹人被关进铁笼之后,狩猎队的队员们胆子大起来了。这些人,这些豹子,或是鬼,不管他们是什么东西,他们的魔法也不过如此而已,不然怎么会被关进铁笼子里呢?狩猎队的队员们围住铁笼子又叫又骂,有的还朝他们扔石子。

火烧到营地就无法前进了,因为营地地面是光秃秃的硬地。

但四周的火舌仍然把卡车里的野兽吓得哇哇乱叫。火烧过了营地，继续吞噬周围的树木和野草。这火可能要烧到河边或空地上才会熄灭。笼中野兽的喧嚣也慢慢停下来了。

乔罗来到亨特的帐篷。亨特手电筒的光照到的是被撕破的衣服、满身的血痕，还有愉快的笑容。看上去，一块千斤巨石已经从乔罗的心头卸掉了。

约翰·亨特感到一阵爱的热浪涌上胸膛。乔罗受了那么多的罪，而又敢于反抗，最后终于胜利了。如果世界上有真正的朋友的话，乔罗就是一位。亨特感到喉头发紧，不敢开口说话。只是默默地伸出手，与乔罗那双血迹斑斑的手紧紧地握在一起。

22 大　象

黎明时分，装载着野兽的大笼车已经跑在通往海港的公路上。哈尔随车前去监督装船的事情。

20个豹人将会移交警察当局。在那儿，狩猎队也要与比格上校和他的枪告别了。也许这一辈子他都会向人吹牛说，他如何赤手空拳与20个坏蛋搏斗，还活捉了好多好多野兽。

其他人和罗杰、亨特一起留下来待在营地。

"哈尔回来的时候，我们要让他大吃一惊。"亨特说，"听说过月亮山吗？"

"谁没听说过月亮山！"罗杰叫了起来，"巨人的土地，花长得跟树一般高，蚯蚓有1米长。"

"大象有第三纪的乳齿象那么大。"亨特补充说。

罗杰看出了父亲眼中的神色，"我敢打赌，下一次你要去捕大象，大象！什么时候出发？"

"你哥哥一回来就动身。"

所以，各位读者，你们也要与罗杰一块等一等，待到哈尔回来时，他们就要去猎捕陆地上最大的动物了——请看《巧捕白象》。